「……知らねえぞ」
　自分の下肢へと顔を埋める遠宮に、高円寺はそう声をかけると、再び彼の雄を攻め立て始めた。

淫らな躰に酔わされて

愁堂れな

Illustration
陸裕千景子

B-PRINCE文庫

※本作品の内容はすべてフィクションです。
実在の人物・団体・事件などには一切関係ありません。

CONTENTS

淫らな躰に酔わされて 9
オカマの純愛 225
『オカマの純愛』後日談 245
淫らな躰に酔わされて～コミックバージョン～ by 陸裕千景子 259
Bad communication 263
Bad communication～コミックバージョン～ by 陸裕千景子 281
あとがき 284

「淫らな躰に酔わされて」人物紹介&STORY

高円寺久茂《こうえんじひさも》（35）

新宿西署の刑事だが派手な服装を好み、見た目はヤクザ。ラテン系の、フェロモン全開の顔立ちをした美形で、明るく鷹揚な性格をしている。

遠宮太郎《とおみやたろう》（26）

新宿西署の、美貌の刑事課長。キャリアの中でも、超がつく有望株との噂。気が強く、どうやら高円寺を目の敵にしているようで……？

STORY

上条と中津と高円寺は、三十年来の腐れ縁で、通称三バカトリオ。紆余曲折の末、上条には神津、中津には藤原という恋人ができ、幸せな毎日を過ごしている。だが、高円寺は上司の遠宮と馬が合わず、衝突を繰り返していて…？

上条秀臣《かみじょうひでおみ》（35）

東京地検特捜部の検事。強面で服装も派手なので、高円寺と同じくヤクザによく間違われる。神津と同棲中。あだ名は『ひーちゃん』。

神津雅俊《こうづまさとし》（32）

もと製薬会社社員で、今は大学の研究室に勤務している。真面目で奥ゆかしく、料理上手。あだ名は『まー』&『まさとっさん』。

藤原龍門《ふじわらりゅうもん》（29）

名の知れたフリーの敏腕ルポライター。上条や高円寺を『兄貴』と慕っている。あだ名は『りゅーもん』。

中津忠利《なかつただとし》（35）

ヤメ検弁護士で、佐伯法律事務所に勤務。藤原と同棲中。優しく美しい顔立ちで、理知的だが、怒らせると怖い。

淫らな躰に酔わされて

1

「なにー？？　同居？？」

「中津《なかつ》、お前いつの間にっ」

高円寺久茂《こうえんじひさも》と上条秀臣《かみじょうひでおみ》の素《す》っ頓狂《とんきょう》なほどの大声が、中津忠利《ただとし》のマンションに響き渡った。

「先週からだよ。そういうことなんでよろしく」

にっこりと微笑《ほほえ》む美貌《びぼう》のヤメ検——検事を辞め、弁護士になった者をこう呼ぶのである——中津と、彼の前で『馬鹿面《ばかづら》』としかいえない唖然《あぜん》とした顔を晒《さら》している高円寺と上条は、『三十年来の腐れ縁』と互いに言い合う親友同士だった。

上条が東京地検特捜部の検事、そして高円寺が新宿西署《しんじゅくにししょ》刑事課勤務の警部補である。東大《とうだい》法学部卒の上条と中津の経歴に比べると高円寺の『警部補』という役職は数段落ちるといえば落ちるのであるが、もとより出世には少しの興味もない彼が友と己の境遇を比べることはなかった。

今日、高円寺と上条は久々に飲もうと中津の家に招かれたのである。最近彼らの間では、外で飲むよりは互いの家で——たいていは上条の家で集まって飲むのが常となっていた。

その理由はいたってシンプルで、上条が料理上手のパートナーを得、アツアツぶりを悪友二人に見せびらかしたがるからである。

上条のパートナーは、神津雅俊《こうづまさとし》という大学の研究室に勤める三十二歳の男だった。男だろうが女だろうが、好きになりゃ関係ない、という上条の持論はそのまま高円寺や中津の持論で、同性だからと眉《まゆ》を顰《ひそ》めることなく彼らは上条の『パートナー』を受け入れ、ノロケまくる彼に付き合ってやっていたのだが、ここにきて中津も新たに『パートナー』を得ることとなった。

事件がらみで知り合った、フリーのルポライター、二十九歳の藤原龍門《ふじわらりゅうもん》という美丈夫《びじょうふ》である。

ここまで顔の整った人間が集まるのは珍しい、と賞賛されることの多い三人だが――勿論《もちろん》本人たちは『馬鹿馬鹿しい』とそんな賛辞には耳を傾けないのであるが――その中でも中津の美貌は一際目立った。身長百八十を超す立派な体軀《たいく》の上条と高円寺と比べ、百七十六センチの華奢《きゃしゃ》な体格をした中津を、その顔立ちの美麗さから高円寺と上条はどこか『姫』扱いしているところがあった。

実際はやんちゃな――という可愛《かわい》い言葉では追いつかないと、中津は常に顔を顰《しか》めていた――ところが三十過ぎてもなくならない上条と高円寺の暴走を、冷静な中津が抑える、というケースが多いのだが、上条も高円寺も自分たちでは中津『姫』のナイト役のつもりでいたのである。

その中津に藤原という恋人ができたらしい、とわかったときには、それこそ二人は面白半分、本気半分で二人の仲を何かと妨害しまくった。そんなお邪魔虫たちに負けず藤原と中津は晴れて同棲《どうせい》生活に入った、と今日二人に宣言してきたのだった。

そのお披露目《ひろめ》も兼ねての招待だ、と涼しい顔をして笑う中津の後ろから、家事など一切やらぬように見せながら実は凝った料理が得意だという藤原がエプロン姿で登場し、

「すみません」

と頭を下げる。

「本当に『すみません』だぜ。水くせえなあ」

「龍門のアパートが大家の都合で来月取り壊されることになったからだよ。もともとここは一人じゃ広すぎると思っていたから、ちょうどいいかってね」

「それにしたってよう」

ぶつくさ言う上条の後ろでは、彼のパートナーの神津がなかなかに複雑な顔をして笑っていた。気づいた高円寺が上条の頭を叩《たた》く。

「なんだよ」

凶悪な三白眼《さんぱくがん》を向けた上条を、ついでとばかりにもう一発殴ると、

「ラブラブ新婚生活真っ盛りのおめえが文句垂れることじゃねえだろ。俺に言わせろ、俺に」

と高円寺はにやりと笑い、いきなり藤原にタックルを仕掛けにいった。

「うわ」

「うまくやりやがって、この、この！」

ぺしぺしと頭を殴る平手にはそれほど力が入ってない。

「もう、カンベンしてやってくれよ」

苦笑した中津が止めに入り、ようやく彼らは藤原手作りの料理が並んだ食卓を囲み、ビールで乾杯することになったのだった。


「それにしてもよ、今年は俺たち当たり年かなんかなのかねえ？」

かなり酒が進んだ頃、それぞれのパートナーと時折笑顔を交わす悪友たちを前に、高円寺がしみじみした口調で言い出した。

「当たり年？」

中津がアーモンド形の大きな瞳《ひとみ》を見開き尋ね返す。

「ああ。これまで俺たち、色恋沙汰《ざた》とはずいぶんご無沙汰《ぶさた》だったじゃねえか。それがここにきていっぺんに二人が片付くたあ、まさに『当たり年』じゃねえか？」

ビールから日本酒に切り替えた高円寺は、がはは、と大口を開けて笑い、なあ、と手を伸ばして龍門の肩をバシバシ叩いた。

「『当たり年』って意味が違うような……」

「高円寺はどうなんだよ、愛《いと》しいハニーが現れそうな恋の予感はしねえのか？」

中津が苦笑する横で、上条がわざとらしく神津の肩を抱き寄せ、人前でと嫌がる彼に無理やり頬擦《ほおず》りしながら、高円寺に尋ねた。

「『安全地帯』かよ」

歌は得意と豪語する高円寺が、物真似《ものまね》交じりでワンフレーズ歌ったあと、

「しねえなあ」

と肩を竦《すく》めたものだから、その場にいた皆は思わず爆笑した。

「人の不幸を笑うたあ、友達甲斐《がい》のねえ野郎だぜ」

拗《す》ねてみせたものの高円寺も本気ではなく、がはは、と笑って酒を飲む。

「人のこたぁ言えねえが、おめえも忙しいからなあ」

「おうよ。まったく貧乏暇なしだぜ」

「そういや嫌味な上司が異動してきたって言ってたよね。相変わらず絞られてるのかい？」

中津が思い出したように問いかけてきた途端、高円寺の端整な顔が、「ああ」と歪《ゆが》んだ。

「絞られてるなんてもんじゃねえぜ。人のやることに一から百までケチつけやがって、本当にいけ好かねえ野郎よ」

「キャリアだったっけ？」

「ああ、お前らの後輩だ。東大法学部卒、バリバリのキャリアだぜ」

「その言い方じゃあ、相当絞られてるらしいな。いくつだ?」

滅多に愚痴を零《こぼ》さない高円寺にしては珍しいと踏んだらしい上条が、面白がってるような口調で尋ねるのに、高円寺はますます顔を顰め、

「二十六。九つも下だ」

言いながらグラスを呷《あお》り、肩を竦めた。

「二十六歳で課長か? 早いな」

なるほど、と頷《うなず》く中津の横で藤原が、

「二十六なら警察学校出て間もないんじゃないですか? それで所轄の刑事課長というのは確かに早い」

と感心した声を上げた。

「キャリアの中でも超がつくほどの有望株って噂《うわさ》だ。腰掛けよろしくちょろっと所轄で『現場』を体験して、そのあと本庁の中枢に引っ張られるんだろう。よくある出世コースってやつだ」

腰掛けられる所轄にとっちゃあ迷惑な話だぜ、と吐き捨てるような口調で言った高円寺を、

「まあまあ」

中津が彼の空になったグラスに酒を注ぎ、宥《なだ》めようとする。

「しかしそんな若造が、おめえをそこまで苛《いら》つかせるっちゅうのもある意味凄《すご》いな」

穏便派の中津がまとめようとしているのを、穏便とは程遠い志向の持ち主の上条がまぜっ返し、高円寺の眉間《みけん》の皺《しわ》をますます深めた。

「朝から晩まで、うるさくキャンキャン言われてみろ。キレたくもなるってもんだぜ」

「うるせえのか」

「ああ、官僚主義っていうかなんていうか、頭でっかちで何かっちゅうと『ルール』を持ち出してきやがるんだわ。おかげで奴が来てから何枚始末書書かされたか。数えられねえぜ」

「そりゃ高円寺には、やりにくいだろうな」

同情的な声を出した中津に、高円寺は「おうよ」と頷くと、

「その上、お前の服装はなんだだの、口の利き方に気をつけろだの、箸《はし》の上げ下ろしにまで口出してきやがる。やってられねえよ」

とグラスの酒を一気に呷った。

「服装と生活態度に限っちゃ、言われても仕方ないとは思わないでもないけど」

ぼそりと呟《つぶや》く中津の横で、高円寺同様、どこの組のものか——といっても勿論、学校の先生という話ではない——と見紛う服装を好んでいる上条が、

「そりゃ酷《ひど》いなあ」

と初めて同情した声を出す。

「本当にもう、なんとかしてほしいもんだぜ」

話しているうちに腹が立ってきたのか、憤《いきどお》るままに高円寺がそう言い捨てたとき、彼の胸ポケットに入っていた携帯電話のバイブ音が周囲に微《かす》かに響いた。

「お」

慌てて高円寺が携帯を取り出し、「もしもし？」と応対に出る。

「……了解。すぐ向かう」

短い電話だったが、その場にいた全員が内容を予測し、やれやれ、と溜《た》め息をついた。

「悪ぃ。呼び出しだ。事件だってよ」

「そんなに飲んで、大丈夫か？」

中津が心配そうに高円寺の顔を見上げる横から、藤原がミネラルウォーターのボトルを「どうぞ」と差し出す。

「サンクス！　これしきの酒、なんちゅーこともねえぜ」

「送りますよ。現場、新宿近辺ですか？」

言いながら立ち上がった藤原の肩を「大丈夫だ」と高円寺はバシバシと必要以上に強い力で叩くと、

「お幸せにな」

にっと笑って片目を瞑《つぶ》った。

「……はい……」

「本当に大丈夫か？　タクシーは表の大通りですぐ摑《つか》まると思うけど」

「大丈夫だって。おめえもお幸せに、だ」

がはは、と高円寺は大声を上げて笑い、中津の背中をも強い力で叩くと、「痛いなあ」と笑った彼に、「それじゃな」と手を振り部屋を出た。

「しかしまあ、せっかくの休みだっちゅうのに、またあのいけ好かねえ野郎の顔見なけりゃならねえとは、ついてねえぜ」

靴をはきながらやれやれ、と溜め息をついた高円寺を見送ろうと、玄関先まで出てきた皆の中から上条が、

「どんな面してやがんだよ」

と茶々を入れてきた。

「頭でっかちのウラナリだ。それじゃな」

見送りご苦労、とふざけて手を上げ、高円寺は一人中津の家を——中津と藤原の愛の巣を辞し、急行を命じられた新大久保《しんおおくぼ》の事件現場へと向かった。

「あれ、高円寺さん、今日非番じゃなかったでしたっけ」

現場では同じ新宿西署の刑事、納《おさめ》が彼を迎えてくれた。

「よう、サメちゃん、お疲れ」

新宿西署の納刑事――人気小説をもじって、『新宿サメ』という愛称で呼ばれる、サメというより熊に似ている愛嬌《あいきょう》のある大男である。

高円寺も身長は百九十センチ近くあり、体格もK1選手と間違えられることが多いほどによかったが、二人の印象はまるで違った。

高円寺はハーフかクォーターに見える――どちらかというと、ラテン系民族に近い――日本人離れした濃い、そして整った顔立ちをしていた。口を閉ざしていれば、体格は見事すぎるが、海外のショーモデルや俳優と見紛うほどの美丈夫である。

が、彼は外見同様、中身も日本人離れしていて、底抜けに明るいラテン系の性格と、社会常識にとらわれない自由な――破天荒ともいえる志向を有していた。そこが根っからの常識人である納と彼との絶対的な違いである。

高円寺は服装も破天荒で、彼が好んで着用するスーツは紫色だのグレイに黒のストライプだの、暴力団関係者とホスト以外に需要があるのかと首を傾《かし》げられるようなものばかりだった。首から下げる太い金鎖を強調するようにシャツはボタンを四つも開け、厚い胸板を見せびらかしている彼の姿は既に所轄内では名物で、真面目《まじめ》な人柄が表れているような、どこかもっさりした印象を与える納の地味なスーツ姿と並んで歩くと、歌舞伎町《かぶきちょう》の暴力団員は鯱張《しゃちこば》ってお辞儀するという、二人はそんな名物刑事たちなのだった。

「あ、高円寺さん、酒飲んでるでしょう。課長にまた嫌味言われますよ」

小さな声で囁《ささや》いてくる納に、

「仕方ねえだろ。今日は非番なんだからよ」

高円寺が小さいとはいえない声で返したとき、彼らの後ろから凜《りん》とした声が響いてきた。

「非番であっても常に警察官としての緊張感は保っていただきたいですね」

「遠宮《とおみや》課長」

慌てて振り返った納の横で、高円寺はわざとゆっくりと身体を返し、その場に佇《たたず》む男を――彼をして『いけ好かねえ』野郎と言わしめる、二十六歳のキャリアを見やった。

「それでは仕事になりませんね。お帰りいただいて結構です」

「……人を呼び出しておいて、それかよ」

ぼそりと呟き、高円寺が睨《にら》みつけた彼の上司の名は遠宮太郎《たろう》という。彼の容貌は高円寺の言うような『頭でっかちなウラナリ顔』ではない。身長百七十二センチ、華奢、といってもいいくらいの細いしなやかな身体を細身のスーツで包んでいるその立ち姿は、十人すれ違えば十人が振り返るほどに端整だった。

まさに美貌の青年というに相応《ふさわ》しい整った顔立ちはどちらかというと女性的であったが、

弱々しい印象を周囲に与えることはなかった。知性と負けん気の強さがそのまま強い光となって大きな瞳に表れている、そんな顔だ。すっと通った鼻筋といい、薄すぎず厚すぎない形のいい唇といい、非の打ち所のない顔というのはこういう顔なのだろうと万人が認めるような、そんな美貌の男の口調はしかし厳しく、毒を含んでいた。

「仕事ができないほどに泥酔している者は必要ない、それだけの話です」

「何を？」

酒が入っていることもあり、気色ばんだ高円寺の腕を納が慌てて押さえている間に、遠宮課長は踵《きびす》を返しその場を立ち去ってしまった。

「さっき犯人が捕まったんですよ。だからそれほど人手は必要なくなったんです」

納が腕を放しながら教えてくれた内容がまたむかつくと、高円寺は「けっ」と路上に唾《つば》を吐く。途端にかなり離れたところにいた遠宮の、

「公共心に欠ける行為は慎んでくださいね」

という声が響き、高円寺をますますむっとさせた。

「そしたらお言葉に甘えて、今夜は帰るわ」

「……まあ、帰ったら帰ったで課長がなんか言うかもしれませんが……ほんと、なんで高円寺さんばかり、ああ目の敵にするんだか」

納がちらと遠宮を振り返ったあと、高円寺の前で肩を竦めてみせる。

「さあな。俺がいけ好かねえと思ってるのとおんなじように、タローもいけ好かねえとでも思ってるんだろうよ」

「高円寺さん、聞こえますって」

人がいい納が、また上司に睨まれる材料を作ろうとしている高円寺の罵声《ばせい》を前に慌てるのに、「それじゃな」と高円寺は彼の肩を叩き、気遣いに対する感謝の念を伝えると、ふらふらと一人現場を離れ、大通りに向かって歩き始めた。

歩きながらも高円寺の脳裏には、つんと澄ました――と彼の目には映るのである――遠宮課長の端整な顔がちらつき、彼をますます苛々した気持ちにさせていた。

「まったくもう」

今日もまた腹立たしい思いをしてしまった、とまたもや路上に唾を吐きかけた高円寺は、また背中から怒鳴りつけられたらたまらんと我慢し、そんな自分に気づいて尚更に憤りを深めた。

また翌朝、署に行けば今夜の嫌味を言われるのだろうと思うとそれも腹立たしいと、歩調も荒く歩く高円寺が、その『明日』に、いけ好かない遠宮課長によって驚くべき体験をさせられることになろうとは、未来を予測する能力を持たぬ彼には知り得ぬことであった。

2

翌朝、予想どおり高円寺は出署して早々、遠宮から注意を受けることになった。

「帰れとは言いましたが、所在くらいははっきりさせておくものです」

あのあと高円寺はむかつくあまり、馴染《なじ》みの店に一人で飲みに行ったのだが、まさかもう呼び出されることはあるまいと携帯の電源を切っていたのである。

帰宅したとき、留守番電話に残されていた遠宮の『不在のようなので結構です』というメッセージを聞き、一応はかけ直そうかと思ったが、深夜三時を回っていたのでそのままにしてしまったのだった。

「そりゃ悪かったな」

「悪いと思うのなら、態度で示していただきたい。あなたのように善処のかけらもみられないと、口先だけの謝罪で反省の色なしと思わざるを得ませんね」

不貞腐《ふてくさ》れる高円寺の前で、遠宮はいつもの嫌味な口調でひとしきり説教ぶると、昨日の殺人事件の後追い捜査を命じ、ようやく高円寺を解放してくれた。

「行きますか」

後輩の納が、憤懣《ふんまん》やる方なしといった様子の高円寺に声をかけ、二人肩を並べて新大久保の現場へと向かった。

「ホステス殺しだったな。犯人は自首だって？」

「ええ。ホステスのヒモの若い男でした。とんでもないことをしちまったって、すぐ近くの交番に自首してきたんですが、まあ彼が犯人とみて間違いないでしょう。口論の末、カッとなって殺してしまったんだそうです」

「俺たちに自白の裏づけを取れってか」

「ええ、でも凶器のナイフからも犯人の指紋が出てますし、現場から奴が飛び出してきたのを見たっていう証言も昨夜のうちに取れてるんですよ」

「なんでえ。それじゃほとんど裏づけは取れてるってことじゃねえか」

高円寺は呆《あき》れた声を上げたあと、ああ、と顔を顰めた。

「いつものアレか。くどいほどのタローの後追い捜査」

「……ま、その観は否めませんね。まさにマニュアルどおりってことなんでしょうが。やりにくくなりましたねえ」

肩を竦めた納に、

「やりにくいなんてモンじゃねえぜ」

高円寺が悪態をつく。

「遠宮課長が赴任してきてから、課内の雰囲気もやたらとぴりぴりしてますしね」

「まあ半分以上俺のせいだけどな」

九割か、と高円寺は笑い、どう相槌《あいづち》を打っていいかと迷っている納の背を叩いた。

「ぐだぐだ言ってても仕方ねえ。ちゃっちゃと聞き込み済ませて帰ろうぜ」

「そうですね。また何、愚図愚図してただなんて文句言われるのも面白くありませんしね」

まさに納の言葉どおりのことを、署に戻れば遠宮の口から聞くことになるのだろうと高円寺は苦々しく思いつつ、現場への道を急ぎながら、件《くだん》の遠宮が赴任してきたときのことを思い出していた。

遠宮太郎——彼が高円寺の勤める新宿西署、刑事課に課長として配属されたのは、今から二ヵ月前のことになる。

今度の課長は弱冠二十六歳の、警察学校出たてのキャリアらしい、という噂は既に刑事課内でも広まっていたが、皆が皆、「どうせキャリアの腰掛けだろう」と、どのような人物であるかにあまり興味を覚えていなかった。

「はじめまして。遠宮です」

だが配属の日に刑事課に現れた遠宮の輝くような美貌には、その場にいた全員が衝撃のあまり思わずぽかんと口を開け、見惚《みと》れてしまったのだった。

美貌に続き、刑事たちは彼の、エキセントリックなほどに厳しい性格にも衝撃を受けることになった。階級の高さから課長職へと就いただけだろうから、最初はおろおろするに違いないという彼らの予測は綺麗《きれい》に外れ、配属初日から遠宮は、刑事たちの意識がたるみまくっているといきなり活を入れてきたのである。

「だいたいその服装はなんですか」

真っ先に槍玉《やりだま》にあがったのが高円寺のヤクザめいた格好だった。続いて彼は刑事たちの勤務態度のいい加減さに言及し、報告書の提出の遅延を指摘してきたのだが、中でももっとも報告書の提出が遅れていたのが高円寺で、これで完全に彼は新課長に目をつけられることになってしまったのだった。

ルール遵守《じゅんしゅ》が基本だ、と遠宮は今までは口頭で先に申し入れ、あとから書面で提出すればいいとされていたあらゆる申請に対し、ルールどおりの書面での提出を義務付けたりと、まさに『お役所的』な指示を部下に押しつけた。

「そんな時間がねえんだよ」

遠宮がキャリアの中でも有望視されていて、新宿西署長の田野倉《たのくら》の覚えもめでたい、という噂が走るにつれ、課員たちは皆陰で文句を垂れながらも表立っては何も言えないでいたのだが、その手のことに一切頓着しない高円寺だけは、遠宮のやり方に真っ向から反抗した。二人して怒鳴り合うこともよくあったのだが、勝敗は最初から決まっていた。警察社会では階級がすべてに勝っていたからである。

「緊急の事態という点は充分考慮しましょう。ですが、あなたの報告書遅延はまったく違う次元の話ですよね」

遠宮は話題のすり替えも上手かった。相手を言い負かすのに何が一番有効かを一瞬にして探り当てる。決して上司には持ちたくないタイプだった。

「違わねえだろ？　報告書を書いてる暇もねえほど、こき使われてるんだからよ」

対する高円寺は直情型で、反射的に言葉を返してしまうことが多い。そういった意味でも最初から彼らの口論には勝負がついていた。

「ハードワークは勿論認めていますが、高円寺さんは朝から晩まで一瞬も気を抜くことなく働いているようには見えませんね。昼間、いなくなることもあれば夜はよく飲みにいらしているようで。これでは『時間がない』と言われてもまるで説得力がありませんよ」

「飲みに行っちゃいけねえとでも言うのかよ」

「誰もそんなことは言ってません。時間を有効に使い、最低限のルールを遵守しろというだけの話でしょう」

まさにぐうの音も出ないほどに言い負かされることが多いだけでなく、遠宮は自分に唯一反抗してくる高円寺をマークし、朝から晩までやんやと彼に嫌味な注意を与え続けるものだから、それに高円寺はすっかり辟易《へきえき》してしまっていたのだった。

新大久保の現場近辺での聞き込みで、殺されたホステスと犯人のヒモの若い男の間で最近口論が絶えなかった、ホステスには新しい愛人ができ、ヒモの男とは手を切りたがっていた、という、自首してきた犯人の供述の裏を取り終え、高円寺と納は夕方署に戻った。

遠宮に報告すると、予想どおり遠宮は彼らの報告にうるさいほどの突っ込みを入れてきた挙句、

「その程度の内容にしては、時間がかかりすぎですね」

最後はそんな駄目押しのような嫌味を言い、高円寺と納を心底むっとさせた。

「むかつくぜ。いい加減にしろっちゅうんだよな」

報告後、期せずして連れションとなってしまったトイレの中で、高円寺は用を足しながら納にそう毒づいた。

「言ってることは正論なんでしょうが、あんなに尖《とん》がらなくてもねえ」

温和な納もさすがに腹に据えかねたのか、普段あまり人の悪口を言わない彼にしては珍しく、高円寺の悪態に相槌を打つ。

「尖がりまくりだよなあ。あの取り澄ましたツラがまた気に入らねえ」

「男にしておくのは勿体《もったい》ないくらいの綺麗な顔ですけどね」

「そこがまたむかつくんだよ」

用を足し終えた高円寺は自身のものをちらと見下ろし、冗談半分に納に笑いかけた。

「一回犯してやりたいぜ。少しはおとなしくなるんじゃねえか」

「高円寺さんが言うとシャレにならないからなあ」

納が笑って答えたそのとき、勢いよくトイレのドアが開いた。

「あ」

ドアの近くに立っていた納が驚いた声を上げたのに、高円寺もそのほうを見やり、しまった、と顔を顰めた。

靴音を響かせるような足取りでトイレに入ってきたのは、なんと遠宮課長、その人だったのである。

聞かれたのではないかと心配し、納が首を竦めたのをちらと見た遠宮は、真っ直ぐに高円寺へと歩み寄るとその横で用を足し始めた。タイミング的に言うとどう考えても聞かれていたような気がする、と高円寺は思いつつも、それがどうしたと心の中で毒づき、手を洗いに洗面台に向かった。

「高円寺さん」

そんな彼の背中に、遠宮の厳しい声が響いた。

「あ？」

「セクシャルハラスメントは同性相手でも有効ですから。署内であまり品のない話は慎んでいただきたいですね」

やはり聞こえていたらしい、と高円寺は納と顔を見合わせ肩を竦め合った。

「申し訳ありません」

素直に謝ったのは納だけで、高円寺は、

「セクハラされるウチが花だろ」

と、それこそ『セクハラ』発言を口にし、「高円寺さん」と慌てる納の先に立ってトイレを出た。

「尖がるっていえば、高円寺さんも遠宮課長には尖がりすぎじゃないですか」

たとえ先輩といえども言いたいことは言う、真っ直ぐな性格の納が後ろから声をかけてくる。

「尖がる……そうかもな」

高円寺のいいところは、誰の言葉でも真摯《しんし》に受け止める度量の広さにある。今回もこの、信頼できる後輩の苦言に素直に耳を傾けた彼は、ばりばりと緩いウエーブを描く黒い髪を掻《か》き毟《むし》ると、

「大人げねえとは思うんだが、どうにもむかついちまうんだよ」

納に向かって肩を竦め、気をつけるぜと頭を下げた。

「しかし『犯してやるぜ』はマズかったかもしれないですね」

「セクハラで訴えられるかもな」

がはは、と笑った高円寺に、「笑い事じゃないかもしれませんよ」と納が心配そうな声を出す。

「ジョークじゃねえか。タローは俺の好みじゃねえし、やらねえよ」

「好み、好みじゃないって問題じゃないと思うけどなあ」

ぼそりと呟いた納に、高円寺は「それよりサメちゃんの好みってどういうんだよ、尽くし系か？　姉さん女房系か？」と絡み始め、高円寺の胸に幾許《いくばく》かの反省の念を残して話はここで終わりになった。

そう――少なくとも高円寺にとっては、既に終わった話であったのだが、その夜まさにこの『セクハラ』話は驚くべき行為とともに蒸し返されることになった。

その日の夜高円寺は宿直で、一人宿直室で就寝していた。

最近は大きな事件もなく、刑事課も比較的落ち着いていた。今日も一一〇番通報がないことを祈りつつ高円寺は宿直室の簡易ベッドで二時頃眠りについたのだが、一時間ほどしてドアが静かに開いたのに目を覚ました。

「誰だ？」

寝起きのよさは動物並みといわれる高円寺が声をかけた途端、パチリというスイッチの音とともに、部屋の明かりが灯《とも》された。

「……っ」

まぶしさに目を細めた一瞬の隙に、ベッドのすぐ傍《かたわ》らに歩み寄ってきていた人物の姿を、高円寺は驚きを胸に見上げた。

「……課長」

「やあ」

にっこりと見惚れるような笑みを浮かべ、その場に佇んでいたのはなんと、遠宮課長だったのである。

「『やあ』って……」

一体何事だと高円寺はまず時間を確認するため腕時計を見やったのだが、いきなりその手を遠宮に摑まれ、更なる驚きに目を見開いた。

「なんでえ？」

戸惑い遠宮を見上げた高円寺は、その遠宮が自分の腕に手錠をはめようとしているのに気づき、

「おい？」

彼の手を振り解《ほど》こうと起き上がったが、一瞬早く遠宮は高円寺の手首に手錠をはめ終えると、ぐいとその手を彼の頭の上へと引っ張り、簡易ベッドの支柱にもう片方をはめてしまった。

「何やってやがる？」

何がなんだかわからない——夢でも見ているのではないかと高円寺が戸惑うのも無理のない話だった。どこの世界に部下の刑事を手錠でベッドに括《くく》り付ける刑事課長がいるだろう。それだけでも充分常識外の振る舞いであるのに、続いて遠宮がし始めたことは、常識の範疇《はんちゅう》を大

きく外れた、考えられないものだった。

なんと遠宮は高円寺の身体から上掛けを剝《は》ぎ取ると、自分もベッドへと上がり込み、彼の太《ふと》股《もも》の辺りに座り込んできたのである。

「おい?」

何が始まるんだと高円寺は眉を顰めたが、遠宮の手が彼のスラックスのベルトにかかると、まさか、との思いから、

「おいっ??」

と大声を上げ、自由になる片手で遠宮の手を摑もうとした。が、一瞬早く遠宮はバックルを外してスラックスのファスナーを下ろすと、中に手を突っ込み、高円寺の雄を摑んで外へと引っ張り出してしまった。

「おい?」

慌てた高円寺が伸ばした手を片手で捕らえ、遠宮がゆっくりと高円寺の下肢に顔を埋《うず》めてくる。

「何やってやがんだ? おい?」

高円寺の声などまるで聞こえていないように、遠宮はなんと高円寺の萎《な》えた雄に手を添え、それを口へと含み始めた。

「……っ……おい……?」

ぞく、とした感触が高円寺の背を這《は》い上ってゆく。何が起こっているのか、視覚でも感覚でも理解できていたが、あり得ないと思う彼の中の常識が、出来事すべてを夢なのではないかと無理やり彼に思い込ませようとしていた。

「……くっ……」

夢にしては遠宮の口淫《こういん》はあまりにリアルで、かつ巧みだった。同性ゆえに感じるツボを心得ているというかなんというか、先端を硬くした舌先で攻め立てたかと思うと間髪を容れずに今度は裏筋を攻めてくる。竿《さお》を扱《しご》き、睾丸《こうがん》を揉《も》みしだく手の動きも緩急を心得ていて、高円寺の雄は一気に勃《た》ち上がり、早くも先走りの液を遠宮の口の中に零し始めていた。

「……一体何が……」

急激に下半身を襲う疼《うず》きに、高円寺の声が掠《かす》れる。その声に誘われたかのように遠宮が彼の下肢から顔を上げ、にっと微笑みかけてきた。勃ちきった高円寺の雄がぽろりと遠宮の形のいい紅《あか》い唇から零れ落ちる。自身の腹につくほど怒張したそれを目の前に晒されては、さすがの高円寺も羞恥《しゅうち》を覚え、呆然《ぼうぜん》としたあまりに忘れていた抵抗を試みようとしたのだが、今回もまた遠宮の動きのほうが早かった。

「おい？」

身体を起こした遠宮は、素早くベッドから降りると、いきなり自身のスラックスのベルトを緩め始めたのだ。そのまま手早くスラックスをトランクスごと脱ぎ捨て、下半身裸になると、遠宮はまたベッドに上がり込んできて、啞然としてその姿を見つめていた高円寺の腹を跨《また》いで腰掛けた。

「おい……っ」

やはりこれは夢か何かか——高円寺が呆然としている間に、遠宮は彼の腹の上で両膝《ひざ》を立て、自分で自分の後ろを軽く弄《いじ》り始めた。

「……ん……っ」

遠宮が低く漏らした声の淫靡《いんび》さに、高円寺の背筋をまたぞくりとした感覚が這い上ってゆく。もとより色白だとは思っていたが、普段陽の光に晒されない遠宮の太股は、まるで白磁の陶器のような透明感のある美しさを湛《たた》えていた。薄い体毛の下、既に勃ちつつある彼の薄桃色の性器に、自慰さながら後ろを弄る自分の指の動きに微かに前後に揺れる彼の細い腰に、高円寺の目は引き寄せられる。

抵抗どころか言葉も失い、呆然と遠宮の姿を見やってしまっていた高円寺は、やがて遠宮が自身を弄っていた指を抜き、その手で勃ちきった彼の雄を摑んできたのに、はっと我に返ると、

「おいっ?」

まるで馬鹿の一つ覚えのような怒声を上げ、遠宮に向かって手を伸ばした。

「……んっ……」

だがその手も、自身が遠宮の中にずぶずぶと飲み込まれる快感を前に、彼の身体を摑むこと

なく宙に浮いてしまっていた。ゆっくりと遠宮が高円寺のそれを後ろへと収めながら、彼の腹の上に腰を下ろしてゆく。自身を締め付ける肉の壁のあまりの熱さに、ひくひくと蠢《うごめ》き続けるその感触に、今にも達してしまいそうになるのを堪《こら》えるほうが高円寺にとっては先決問題となっていた。

「……あっ……」

すべてを自身の中へと収めきり、ぺたり、と高円寺の腹の上に腰を下ろした遠宮が、微かな喘《あえ》ぎ声を漏らす。端整な眉を顰め、大きな瞳を閉じたその顔——すべらかな白い頬が紅潮し、時折声を漏らす赤い唇が半開きになっているあまりにエロティックな顔は、普段の取り澄ました顔とギャップがありすぎ、それもまた高円寺を酷く高めていった。

「……あっ……ぁあっ……あっ……」

やがて遠宮は高円寺の腹の上で、身体を上下させ始めた。彼の中で擦《こす》られ、締め付けられる自身の雄が、びくびくと痛いほどに脈打つのに、高円寺は次第に我慢できなくなってきた。

「あっ……はぁっ……あっあっあっ……」

遠宮の動きのピッチが上がってくる。既に彼の雄も勃ちきり、先走りの液が高円寺の服に零れ落ちていた。髪を振り乱し、快楽を求めて激しく身体を動かす彼の、上半身の一糸の乱れもない服装と、剝《む》き出しの下半身のコントラストがまた、高円寺の劣情をこれでもかと煽《あお》ってゆく。

「あっ……あっ……ああっ……あっ……」

パンパンと辺りに高い音を響かせるほどの激しい、力強い遠宮の動きに、ついに耐えきれずに高円寺は達し、彼の中に白濁した液を吐き出してしまっていた。

「……んっ……」

その直後に遠宮も達し、高円寺のシャツに彼の精液が飛んできた。

「………」

二人の乱れた息の音と、青臭い精液の匂いが宿直室に充満する。達したあとの軽い倦怠《けんたい》からしばし呆然としていた高円寺は、やがて乱れる息に肩を上下させていた遠宮が顔を上げ、にっと笑いかけてきたのに、我に返った。

「……おい……」

一体どういうつもりだ、と問いかけるより前に、遠宮は彼の上から身体を退《ど》けると、ベッドを下り、トランクスやらスラックスを身に着け始めた。

「おい？」

萎えた雄を慌てて片手でスラックスの中へと仕舞い、高円寺は今のはなんだったのだという思いのままに、背中を向けて着衣を続ける遠宮に声をかける。

と、すっかり身支度を整えた遠宮が、上着のポケットを探ると中から取り出したものを、ぽん、と高円寺の腹の辺りに放ってきた。

「『一回犯してやりたい』――どうです？　犯された気分は」

「なっ……」

遠宮が放ってきたのは、高円寺の右手を捕らえている手錠の鍵だった。

「……自分の言動には充分気をつけろということです」

それでは、と遠宮はまるで何事もなかったかのように、唇の端を上げるようにして微笑むと、すたすたと宿直室の入り口に向かい歩き始めた。

「おいっ！」

昼間自分のついた悪態が原因だとはわかったが、それにしても、と部屋を出ていこうとする遠宮の背に、高円寺が思わず声をかける。と、遠宮はドアを出しなに高円寺を振り返り、くすりと意味深な笑いを漏らした。

「……なんだ？」

つい問いかけてしまった高円寺に向かい、遠宮が言った言葉は――。

「……マグナムだ、バズーカだと噂は聞いていたが……早いな」

「なにをっ」

あはは、と嘲笑としかとれない笑い声を上げた遠宮に、高円寺は怒りのあまり手元にあった枕を投げつけたのだが、一瞬早くドアは閉まり、枕はボタリと床へと落ちた。

「まったくもう、なんだっつーんだよ」

わけがわからない——どころか、一般常識をかなり逸脱したところにいる彼をしても信じられない行為を前に、高円寺は呆然としてしまっていた。

手錠に繋《つな》がれた手も、遠宮の精液が飛んだシャツも、室内に籠《こ》もるむせ返るような精の匂いも、すべてが今までの出来事が現実のものであると告げていて、ますます彼を混乱させてゆく。

「……わけがわからねえ……」

ぼそりと呟いてしまった言葉はそのまま高円寺の心情を吐露したものであった。戸惑いつつも、なんとか片手で手錠の鍵を外し、高円寺は悪い夢でも見たことにしてとりあえずは眠ろうと布団を被った。

途端に彼の脳裏に、鮮やかな笑みを浮かべた遠宮の顔が蘇《よみがえ》る。

『……マグナムだ、バズーカだと噂は聞いていたが……早いな』

何が『早い』だ、と再燃してくる怒りを胸に、明日顔を合わせたらまずどういうことか問い質《ただ》してやると息巻きながら、高円寺はその日眠れぬ宿直の夜を過ごしたのだった。

3

翌朝六時、高円寺は本庁から入った一一〇番通報に叩き起こされた。新宿中央公園で若い男の死体が発見されたというのである。慌てて起き出し、課員たちに連絡を入れると高円寺は現場に急行した。

「ああ、高円寺さん、早いですな。宿直でっか？」

本庁の馴染みの刑事が声をかけてきたのに「ああ」と高円寺は頷くと、

「殺しだって？」

と京言葉交じりの関西弁が特徴のその刑事に、事件のことを尋ねた。

「ええ。絞殺《こうさつ》です。発見は今から三十分前やけど、犯行時刻は昨夜の深夜二時過ぎらしいと監察医が言うてます」

「ガイシャの身元は割れてるのか？」

「ええ。学生証を携帯してました。佐藤幸夫《さとうゆきお》、二十歳で、日本大学《にほんだいがく》の学生です」

「学生か……」

高円寺がううん、と腕を組んで唸《うな》ったのに、本庁の刑事は、

「先にガイシャの様子を見てもらったほうが話が早いかもしれません」

言いながら彼の前に立ち、鑑識の職員の間を縫うようにして、青いビニールシートがかかった遺体の傍《そば》まで歩み寄った。

「ああ、高円寺さん。ご無沙汰」

「おう」

遺体の近くでは一応の検分を終えたらしい監察医が立っていて、高円寺に笑顔を向けてきた。腰まである黒髪は、ひとつに縛られるには惜しいほどに美しくしなやかである。やさしげな瞳と通った鼻筋、形のいい唇をもつこの美貌の監察医は、確かな腕前という評判と相俟《あいま》って所轄では既に名物となっていた。

「最近よくミトモの店に顔出すんだって？　その割には会わないね」

「そりゃおめえとは行く時間帯が違うからな」

にこにこと美しい瞳を微笑みに細めて高円寺に声をかけてきた監察医が『名物』と言われるのには他にも理由があった。美しい長い黒髪と花のかんばせを誇っているこの医者が、身長百八十センチを超す男性だからである。

「時間帯？」

「おうよ。あまり無茶すんなよ？　監察医の先生を淫行《いんこう》とかであげたくねえからよ」

「失敬な。二十歳以下のコドモは管轄外だよ」

そしてこの美貌の監察医はなんと、ゲイであることを——正確にはバイということだったが——少しも隠していない、という面でも『名物』と呼ばれていたのだった。

「高円寺さんこそどうなのよ。ミトモに聞いたよ。お友達が皆片付いちゃって、お寂しそうだって」

「それこそ失敬な話だぜ」

「あの、そろそろ遺体、見ませんか」

高円寺と監察医——栖原秋彦《すはらあきひこ》という名で、吉祥寺《きちじょうじ》で内科の医院を経営している——とは、年齢が一緒ということと、両名とも揃《そろ》って破天荒な性格であることから不思議と気が合い、会えばこうして軽口を叩き合ってしまうのだった。

「悪かったな」

後ろから遠慮がちに声をかけてきた本庁の刑事に手を挙げ、高円寺と栖原は遺体の傍らに立ち、刑事がビニールシートを捲《めく》るのを見つめた。

「お」

すっかり土気色になった顔と、首の周りに残る赤黒い指の痕《あと》に目を奪われた高円寺だったが、やがて本庁の刑事が遺体を覆っていたビニールシートを捲り終えると、

「こりゃあ?」

と刑事と、そして監察医の栖原へと戸惑った視線を向けた。

というのも遺体はシャツにジーンズという姿だったのだが、そのジーンズが下着ごと半分ほど引き下ろされ、遺体の下肢が剝き出しになっていたからである。

「暴行されたと思われるような痕跡はない――単に肛門性交はしてないってだけの話だけど」

「……裸にひん剝いたのは偽装かもしれないってことか」

「わかりませんけどね」

本庁の刑事がばさりと被害者の裸の下半身にシートをかけてやりながら、高円寺に向かって頷いた。

「……物盗りの犯行っていうことはねえのか？」

「財布は携帯してました。五万入ってましたから、金目当てなら財布くらい抜くんやないですかね」

「犯行時刻は午前二時だったよな……目撃情報はどうだろう。難しいかもな」

「なんとも言えませんな」

刑事と二人、腕を組んで考え込んでいるとき、高円寺の内ポケットに入れておいた携帯電話が着信に震えた。

「はい。高円寺」

発信が非通知電話番号であることから――署からの電話は非通知となるのである――高円寺は電話の主を半ば予測していたのだが、まさに当たったった。

『遠宮です』

「……っ」

予測はしていたものの、実際、何事もなかったかのような彼の、電話越しにも凛と響いてくる美声に、高円寺は一瞬言葉に詰まった。

聞きたいことは山のようにある。数時間前のアレは夢ではないのか、夢でないのならなぜあんな振る舞いに及んだのか、そして――これは高円寺の男としてのつまらぬプライドが語りたがっている言葉なのであるが――『早い』というのは失礼じゃないか、などなど、言いたいことは高円寺の胸に溢《あふ》れていたが、遠宮は彼に何も言わせなかった。

『新宿中央公園の殺害事件、犯人がたった今、自首してきました。すぐ署に戻ってください』

「なんだって？」

驚きのあまり大声を出した高円寺に、本庁の刑事と監察医の視線が集まった。

『現場を見ているあなたに、サブとして取調室に入ってもらいたい。すぐ戻るように』

それでは、と一方的に自分の言いたいことだけ言いきると、遠宮はさっさと電話を切ってしまった。

「おい？　もしもし？　もしもし？」

まったく話が見えないと高円寺は慌てたが、また電話で問い返しなどしたら何を言われるかわからない、と携帯を内ポケットへと戻した。

「どないしはりました？」

「えらい驚いてはったけど」

栖原がふざけて関西弁になるのに、パシ、と彼の頭を叩くと、「痛いなあ」と笑った彼を無視して高円寺は本庁の刑事に事情を説明した。

「そういうわけなんで、いったん戻るわ。また連絡する」

「わかりました。ここ終わったら西署に向かいますが、捜査本部が立つ前に解決、いう話になることを祈ってますわ」

刑事の柔らかな声に送られ、高円寺は覆面パトカーにとって返した。捜査本部が立つ前に解決——昨日の事件が確かにそうだったと思いつつ、最近の『犯人』の間では自首が流行《はや》ってるのかと馬鹿げたことを考えたりもする。

それにしても——車を走らせながら、高円寺は先ほど電話越しに聞いた遠宮の、いつもと同じ取り澄ました声を思い出し、一人唸った。

昨夜の宿直室での出来事はどう考えても夢ではない。あれから高円寺は手錠を外すのに随分苦労したのだった。巧みすぎるほど巧みな口淫も、そのあと自身を収めた彼の中の熱さも、あまりにリアルであるのだが、それが現実であると認めることを高円寺の中の『常識』が邪魔していた。

『犯してやりたいぜ』——あの自分のセクハラ発言が腹立たしかったとしても、それを『犯す』という行為で返すなどと、普段の理性と知性が服を着て歩いているような遠宮のすることとは思えなかった。

一体彼は何を考えているのか——遠宮が新宿西署に赴任してきて二ヵ月が経ったが、高円寺にとっては『嫌味な上司』でしかなかった彼には、人の知り得ぬ——少なくとも高円寺にはわかり得なかった、別の一面があるということなのだろうか。

もともと長考型でない高円寺は、考えているうちに、苛ついてきてしまった。

「あーっもう」

いくら考えても答えの出ないことをぐるぐる頭の中でこね回すのは、捜査の上だけで充分だ、と気持ちを切り替えようと内ポケットから煙草《たばこ》を出す。

この『煙草』もまた、高円寺と遠宮の間の諍《いさか》いの原因になっているのだと思いつつ、知るかと一本取り出し、火をつけた。遠宮は『嫌煙権』を主張し、職務中の喫煙を禁止したのだった。会議も喫煙時間がなくなれば、その分短縮されるでしょう、などと言い出した遠宮に、喫煙者たちは皆反発したが、実際会議時間が短縮されたのも事実で、それが上層部の耳に入るに至り、遠宮の主張する『禁煙』が実施されることになってしまった。

署内だけでなく、遠宮は皆が使う覆面パトカーの中での喫煙も禁止した。おかげで喫煙者たちは暇を見つけては申し訳程度に作られた喫煙スペースや署の屋上やらに行かざるを得なくなったのだが、あまり席を外していると今度はそれを注意されるというわけで、今や署内では

「こうなったら禁煙するか」という俄《にわか》禁煙ブームが起こりつつあった。

高円寺は「ヘヴィ」がつくほどのスモーカーであったから、この『禁煙』の煽りを誰より食った一人といえた。今になってみるとこの『禁煙』も自分に対する遠宮の嫌がらせと思えなくもない、などと我ながら『穿《うが》った』見方をしてしまうことにまた舌打ちしつつ、高円寺は煙草を吸いまくりながら、一路署への道を急いだ。

「すぐ第三取調室に入ってください」

刑事課に戻った途端、遠宮は有無を言わせず彼を取り調べに立ち会わせた。話を聞いているのは納で、高円寺は同席していた若木《わかぎ》とバトンタッチし、ドアに近い席に座ると、自首してきたという容疑者の顔を見やった。

若木がそれまで取っていた調書によると、容疑者の名は三上和彦《みかみかずひこ》、三十六歳で、広域暴力団菱沼組《ひしぬまぐみ》の二次団体『三東会《さんとうかい》』の構成員であるらしい。納がちらと高円寺を振り返り頷くと、彼に聞かせようというのだろう、

「それじゃ、もう一度犯行の様子を説明してもらおうか」

と三上を促した。

「……はい」

三上は暴力団員には見えぬなりをしていた。高円寺のほうがよほどその筋の者に見えるというか、紺のスーツに白いワイシャツを着込んでいる様子は、ノータイではあったがどこぞのサ

ラリーマンのようだと高円寺は話を聞きながら彼の外見を観察していた。

高円寺にそんな印象を抱かせた原因は、三上の話し方にもあった。とつとつとしてはいたが、暴力団構成員特有のいきがった口調がかけらほども感じられない。話の内容にきちんと筋が通っている上にどことなく品があり、知性と教養が滲《にじ》み出ていた。

「……昨夜新宿中央公園で、その日会ったばかりの大学生の首を絞めました。まったくの出来心です。申し訳ありません」

「……その大学生とは、どこで会ったんですか」

「公園内です。向こうから声をかけてきました」

「何を言われたのです?」

「五万でどうかと」

「五万……売春ですか?」

「そういう意図で声をかけてきたのだと思います」

高円寺は手元の調書を見て、ほお、と思わず小さく声を上げてしまった。容疑者三上と納の今のやりとりが、一言の狂いもなく記されていたからである。三上に何度供述を繰り返させたかは知らないが、ここまでブレがないのは却《かえ》って怪しい気がすると高円寺は三上の俯《うつむ》きがちな顔をじっと見やった。

三十六ということだが、年齢より少し上に見えた。端整な顔であるがどこか病んでいるように見える。覚醒剤《かくせいざい》でもやっているのかもしれない、あとで尿検査をさせるか、と思いつつ高円寺は三上の供述に再び耳を傾けた。

「それで、五万払ったんだな」

「はい」

「それから?」

「セックスする段になり、あの若者が『五万ぽっちじゃやっぱりやらせない』と言い出したので、カッとなって首を絞めました」

「何を使って?」

「手です。殺そうとまでは考えてなかった。懲らしめてやるくらいのつもりで首を絞めていたんですが、気づいたら手の中でぐったりしていて……それで怖くなって逃げました」

「……自首しようと思ったのは?」

「一晩考えてやはり、隠しおおせるものではないと……」

「そうか」

「申し訳ありませんでした」

深々と頭を下げる三上を見やる高円寺を、納がちらと振り返る。供述と現場の様子に食い違いはないかと聞きたいらしい。

「……下世話な話で申し訳ねえんだが」

わかった、と高円寺は納に頷くと、そう三上に声をかけた。

「え？」

いきなり響いてきたがらがら声に驚いた三上が顔を上げる。初めて驚きを表したその顔には、高円寺の刑事の勘に訴えてくるものがあった。

「五万で買ったその坊やと、あんた、どこまでやったか覚えてるか」

「どこまで……」

三上は一瞬戸惑ったように高円寺を見たが、やがて彼の質問の意図を察したらしい。

「ほとんど何もしませんでした。ジーンズを下ろさせたところで彼が『五万では』と文句を言い出したので、そのまま首を絞めました」

「少しもやっちゃねえと」

「はい」

「そうか」

実際、現場の様子は三上の供述どおりだった。

「で、あんたはナニも出しちゃいないし、突っ込んでもいない」

「はい。何もしていません」

繰り返し供述させても同じ結果に終わりそうだった。確かに被害者には性交のあともなく、分泌物は他者のものも自身のものも身体に付着してはいなかったように思う。

「……今までもあの公園で買春をしたことはあるのかい？　ああ、別に罪状を増やそうと思って聞いてるんじゃねえぜ」

高円寺の問いかけに、三上は一瞬頬に笑いを上らせた。が、すぐに顔を引き締めると、

「いえ……」

と言葉少なく首を横に振った。少年を買うようには見えないと思ったが故《ゆえ》の問いだったのだが、予想どおりの答えに高円寺は納得し、質問を続けた。

「なんで昨夜、夜中に公園に行ったんだ？」

「別に理由はありません。酒も入っていたし、散歩がてらふらふらと足を踏み入れてしまったんです」

「もともと男を抱く趣味はあったのか？」

「いえ……」

三上は首を横に振りかけたが、ふと何かを思い出したような顔になり、ぼそぼそと小さな声で言葉を続けた。

「……普段はありませんが、随分昔に抱いたことが……」

それまですらすらと供述を続けていたのとはまるで違う口調が気になり、高円寺がもう少し突っ込んだ問いかけをしようと口を開きかけたとき、

「だから」

三上はまた以前の口調に戻り、話を続けた。

「つい懐かしくなり、ふらふらとあの若い男の誘いに乗ってしまったのかもしれません」

「随分前っていうのは、どのくらい前なのかい？」

　高円寺の問いかけに、三上は少し考える素振りをしたあと、

「……十年以上前ですが……」

と答えたのだが、彼の表情も口調もやはり元に戻っており、その後問いを重ねても、一瞬彼が見せたどこか危うげな口調に戻ることはなかった。

「酒を飲んでいたと言うが、どこで飲んでいたんだい」

「家です」

「誰かと一緒だったとか」

「一人でした」

そのあと納と高円寺は、三上に三東会でのポジションなどについて聞いた。組には三年前から世話になっており、今は会計管理の職に就いているということだった。

「申し訳ありませんでした」

私がやりました、と何度も頭を下げる三上に供述調書にサインをさせ、高円寺と納は取り調べを終えた。

「どう思うよ」

留置場に三上を送ったあと、高円寺は納に取り調べの印象を尋ねた。

「……決め付けは危険でしょうが……身代わりっぽいですねえ」

「おめえもそう思ったか」

暴力団内ではよくある『身代わり自首』ではないかと高円寺は疑っていたのだった。納も同じ意見だったかと頷く彼に、納も頷き返し、

「何度供述させても、まるで判で押したように同じことを繰り返すんです。決してそれ以上のことも以下のことも言わない」

「身代わりじゃねえのかとは聞かなかったのか？」

「聞きました。が、『私がやりました』の一本槍で……現場の様子と供述が食い違ってるところはありましたか？」

「それがねえんだよ。詳しくは栖原の解剖所見が出てからだが、見た限りではガイシャはジーンズを下ろしただけで性行為の形跡はない。死因は絞殺で首に指の痕がついていた。男に素手で絞め殺されたのは間違いねえ。ガイシャの財布には五万入っていたし、まさに三上の供述どおりなんだが……」

「……にしても、においますよね」

うん、と高円寺と納は頷き合い、刑事課へと戻ると遠宮にその旨報告したのだったが、遠宮の反応は冷めたものだった。

「自供している内容に矛盾はないのでしょう」

「矛盾はありませんが、どうも身代わりではないかと思われます」

主に取り調べに当たったのが納であったから、報告は彼がしたのであるが、それでも、

「『身代わり』というのは納さんの主観でしょう」

という遠宮の言葉には、高円寺は口を出さずにはいられなかった。

「主観じゃ悪いのか。俺も『身代わり』だという主観を持ったぜ。刑事二人の勘が『身代わり』だと言ってるんだよ、少しは耳を傾けてもいいんじゃねえか」

「『勘』にはなんの信憑性《しんぴょうせい》もありません」

まさにぴしゃりと高円寺に言い捨てた遠宮に、高円寺は思わず、

「何を？」

と気色ばんだ声を上げたのだが、納に抑えられ仕方なく口を閉ざした。

「とにかく、犯人が自首をしてきたわけですから、捜査本部を立てるまでもないでしょう」

遠宮はちらと高円寺の怒気をはらんだ顔を見やったあと、凛と響く美声を上げた。課員たちが皆彼に注目する。

「三上は手続きが済み次第送検します。念のため、若木さん、斉藤《さいとう》さんで中央公園の聞き込みをお願いします」

「ちょっと待て、すぐ送検たぁちょっと早急じゃねえか」

既に決定事項となりつつあることに高円寺は慌て、思わず口を挟んだのだが、途端に遠宮の厳しい声が飛んできて、またも高円寺を激昂《げっこう》させた。

「捜査方針は刑事課長である私が立てます。口出しは無用です」

「口出しって、あのなあ」

「以上、解散」

「待てよっ」

遠宮が一方的に会話を終わらせ、部屋を出ていくのを高円寺は追いかけ、ドアを出たところで遠宮の腕を摑んだ。

「なんですか」

「『なんですか』じゃねえよ。一体どういうことだ？」

「どういうこと？」

足は止めたものの、遠宮は高円寺に向き直る気配はなく、肩越しにちらと冷たい視線を投げかけただけだった。

「ああ。どうしてそう、送検を急ぐんだ？」

「急いでいるつもりはありません。それよりいい加減腕を放してもらえませんか？」

「ああ」

興奮するあまりかなり強い力で高円寺は遠宮の腕を摑んでいたことに気づいた。女のように細い腕だと今更のことを思いつつ腕を放した高円寺を、遠宮はようやく振り返り正面から見据えた。

「一昨日のホステス殺しの犯人も、自首をしてきたのをそのまま送検しました。今回の三上も供述内容に矛盾がないので送検する、それのどこが不満なのです？」

「だから矛盾がなさすぎるって言ってるんだよ。あれはどう見ても身代わりだ。ホンボシは他にいるに違いねえんだよ」

「だからそれは単にあなたの『勘』なのでしょう？」

馬鹿にしきったような顔でそう言われ、高円寺の頭にまたカッと血が上りそうになる。が、遠宮がわざと己を怒らせようとしていることに気づき、高円寺は大きく息を吐き出すと、

「勘だが、俺一人の勘じゃない。取り調べに当たった納も『身代わり』説を推している」

と抑えた声で言い、遠宮を睨みつけた。

「取り調べに同席した若木さんは、そのようなことは言ってませんでしたが」

対する遠宮はどこまでも冷静な口調で高円寺に向かい合う。

「若木が鈍感なんだろう。あいつはまだ二年目のぺーぺーだ」

「人を誹謗《ひぼう》するようなことは言わないほうがいいでしょう。それから」

遠宮はここで高円寺を見上げ、一段と厳しい眼差しを彼へと向けた。

「昨夜、宿直室で喫煙をしていましたね」

「なっ……？」

突然話題が変わったことに戸惑った時点で、高円寺は遠宮のペースに乗せられてしまっていた。

「共有スペースでの禁煙も『ルール』です。遵守してもらわないと困ります」

「……」

確かに昨夜、宿直室で高円寺は一人なのをいいことに煙草を吸っていた。が、それを見咎《みとが》められたことよりも、高円寺は昨夜のその『宿直室』での出来事を思い出し、思わず言葉を失ってしまったのだった。

「どうしました？」

美しい瞳を細め、にっと微笑みかけてきた顔と、昨夜、自分の腹の上で髪を振り乱し、快楽に喘いでいた顔が高円寺の頭の中で重なった。

「……昨夜、宿直室に来たよな？」

重なりはしたが、どう考えてもあり得ないと高円寺は思わず遠宮に問いかけてしまったのだが、遠宮は唇の端を上げるようにして微笑んだだけで何も言わず、踵を返してしまった。

「おい」

再び彼の腕を摑もうとした高円寺の後ろから、「高円寺さん」という納の声が響き、高円寺は彼を振り返った。

「なんだ、サメちゃん」

「いや、あまり無茶しないようにと思って……そのうち懲罰モノだとか言い出しかねませんからね、あの遠宮課長は……」

「ありがとよ」

ばんばんと納の背を叩き、感謝の念を伝える高円寺に、「痛いですよ」と納は笑って顔を顰めたが、やがて真剣な顔になり、

「しかし本当に今回の件は、なんだってこうすべて先走りなんでしょうね」

声を潜めそう囁いてきた。

「すべてっちゅうと？」

「既に記者に三上の名前を犯人として発表してるそうです。夕刊には間に合うんじゃないかな」

テレビのニュースでも夕方からは放映されるだろうという納の言葉に高円寺は、

「そりゃ早えなあ」

と驚きを新たにし、納と顔を見合わせた。

「何かあると勘ぐりたくもなりますが、単にスピード解決をアピールしたいだけ、という気もしますね」

「……まあなあ」

新宿西署はつい最近、初動捜査のミスで事件解決が遅れたことを週刊誌に叩かれていた。事件そのものは十年も前のもので、高円寺や納も配属前であったのだが、警察の捜査ミスという特集で取り上げられた記事を、田野倉署長は随分気にしていたという。

その事実があるだけに、納の言う『スピード解決をアピール』という話もわからないでもないのだが、それにしても、と高円寺は一人腕を組み、首を傾げた。

妙に引っかかるものを感じる——遠宮には鼻で笑われたが、彼の『刑事の勘』が何かあると告げていたのである。

その『刑事の勘』が正しく働いていたことを、高円寺はその夜、早くも知ることになった。

「夕刊見たんだけど、話があるのよっ」

前日宿直であったので夕方には帰宅していた彼の携帯に、馴染みの情報屋から電話が入り、その夜高円寺は彼の店に呼び出されたのだった。

4

「ああ、ひーちゃん、待ってたわよう！」

「『ひーちゃん』は上条だろうが」

「あんたも『ひーちゃん』じゃない。ヒサモちゃん」

携帯で呼び出され、高円寺が向かったのは新宿二丁目のゲイバー、『three《スリー》 friends《フレンズ》』だった。この店主——マスターといおうか、ママといおうか——のミトモという男は、二丁目に店を出して十数年という顔の広さを生かし、密かに高円寺の情報屋としての役割も果たしていた。

パッと見、ハーフのような濃い顔立ちの美形であるのだが、よく見るとその『美貌』は彼の類《たぐい》まれなるメイクテクで作り出されたものだということがわかる。年齢も暗い店の中では二十代にしか見えないが、実は高円寺とさほど変わらない——というより、下手すると上ではないかと思われる、口八丁手八丁のオカマなのだった。

高円寺は情報屋としてミトモを使うことも多かったが、プライベートでも頻繁に店に飲みに来た。彼の紹介で悪友の上条や中津、最近ではそのパートナーたちもよく店に現れるようになったという。ゲイバーでありはしたが、仲間が集まりやすい雰囲気はミトモの、きゃんきゃんうるさいようで実はおおらかな人柄の賜物《たまもの》ではないかと高円寺は思っていた。

そのミトモが血相を変えて――電話越しだから顔色まではわからないものの、これほど慌てた彼の声を高円寺は聞いたことがなかった――連絡を入れてきたものだから、何事だと高円寺は休む間もなくミトモの店を訪れたのだったが、ミトモから聞かされた話にまた彼は酷く驚かされることになった。

「まずは駆けつけ三杯」

「何言ってんのよう、人の話を聞きなさいって」

ミトモの店の開店時間は午後十時であった。まだ六時にもなっていない今、店内には誰もいない。いつもはカウンター越しに話をするのだが、ミトモは高円寺を三つしかないボックスシートに座らせ、自分も向かいに腰掛けた。

ぶつくさ言いながらも冷蔵庫から取り出したビールを高円寺に注ぎ、高円寺が手を出すより前に手酌で自分のグラスにも注ぐ。

「どうした、血相変えて」

その手が微かに震えているのに気づき、高円寺はミトモに自分を呼び出した用件を早速尋ねた。

「さっきテレビのニュースでも見たんだけど、新宿中央公園の大学生殺害事件、犯人逮捕されたのよね？」

「ああ？」

自分の心に引っかかっていた事件が話題になるとは思っていなかった高円寺は、驚きに目を見開きながら目の前の情報屋の姿を改めて見やった。

明らかにミトモの様子は、高円寺が今まで見たことがないほどに動揺していた。亀の甲より年の功――などと言うと黄色い声を上げて怒るミトモではあるが、喜怒哀楽を余すところなく表情に出しているようで、実際のところは何を考えているのかわからないというのが、彼と深く付き合うにつれ高円寺にもわかってきた。確かに、考えていることが即相手に伝わるようでは、情報屋は務まらないであろう。己の感情をすべて晒け出しているように見せて相手の心に入り込む、そんな人付き合いの術を誰より身につけているはずの彼が、今日はまさに『不安』と『焦り』という彼の内心を顔にも態度にも出しているというのはどういうことかと、高円寺はミトモの言葉の続きを待った。

「犯人は……三東会の組員、三上和彦っていうのも本当のことなの？」

「ああ。そう報道されてるよな」

「報道されてる……ってことは、まだ決まったわけじゃないの？」

グラスのビールに口もつけず、ミトモが身を乗り出して高円寺に尋ねてくる。

「決まったようなもんだ。近々送検されるからな」

「送検！」

ミトモの目が大きく見開かれた。と思った次の瞬間には、ミトモは店内が無人であるにもかかわらず、高円寺に向かい潜めた声でこう囁いてきた。

「……三上さんは犯人じゃないわ」

「なに?」

何を言い出したのかと、今度は高円寺が驚きに目を見開く番だった。そんな彼にミトモは大きく頷くと、

「だって昨夜はずっと三上さん、アタシと飲んでいたんですもの」

またも驚くべきことを言い、高円寺に「なんだって」という大声を上げさせた。

「ちょっと待て、お前、三上のことを——失敬、三上さんと面識があるのか?」

『さん』づけで呼ぶところを見るとそうなのだろうと思って問いかけた高円寺に、ミトモは、「ええ」と頷くと、初めて目の前のビールに口をつけた。

「古い知り合いなのよ。昨日ちょうど新宿で見かけたもんだから、懐かしさのあまり声かけて、それから朝までずっと飲んでたってわけよ」

「なんでえ、昨日は店、休みだったのか?」

「開けたわよ。アケオに任せたのよ。三上さんとは、もう、十年以上ぶりだったもんだからホントに懐かしくてさ」

ミトモが一瞬遠くを見るような目をしたのが、高円寺の目には印象的に映った。何かあるな、

と思ったとき、彼の脳裏に取調室で三上が一瞬見せた、唯一、彼の素なのではと思わせた顔が蘇った。

「あの事件が起こったの、昨夜の深夜二時頃なんでしょ？　そのときには三上さんはアタシと飲んでたのよ。絶対犯人なんかじゃないわ。どうして三上さんが犯人にされてるのよう？」

いつの間に飲んだのか、空になっていたビールのグラスを、タンッと音を立ててテーブルに置くと、ミトモは高円寺に食って掛かってきた。まるで高円寺が不当逮捕でもしたのではないかという言いぶりに、

「落ち着けよ」

高円寺は彼を諫《いさ》めると、事情を説明してやった。

「犯人にされてるも何も、三上本人が自首してきたんだぜ」

「自首！　そんな馬鹿なっ」

ミトモがまた黄色い声を上げるのに、高円寺は「まあ落ち着け」と彼のグラスにビールを注いでやった。

「馬鹿も何も、今朝、三上が署に出頭し、自首してきたのは事実だ。供述には矛盾もないし、このままだとニュースどおり送検、起訴されることになるだろうが」

言いながら今度は自分のグラスにビールを注ぐと、高円寺はじっと目の前のミトモを見た。

「なによ」

「本当に三上は——三上さんは、昨日は朝までお前と飲んでたのか？」

「本当よ」

ミトモも真っ直ぐに高円寺を見返し、真摯な瞳のまま大きくそう頷いてみせたあと、飲んでいた新宿駅前の店の名を言った。

「特に犯行時刻と思われる午前二時近辺、一緒にいたことは間違いないんだな？」

「間違いないわよ。証言しろっていうなら、どこにでも出ていくわよ」

「……しかしそうなると、なぜ彼は自首など……」

ここで高円寺はミトモに、三上の供述はあまりに完璧すぎて、まるで人から教えられたとおりのことを述べているようだったということを伝え、自分は『身代わり』の自首ではないかと疑ったのだと教えた。

「身代わり！」

「暴力団内じゃよくある話だ。やっぱり犯人は他にいやがったのか……」

自分の、そして納の『勘』は正しかったのだ、と頷いた高円寺の前で、彼以上に大きく頷いたミトモが、自信に満ちた声で叫んだ。

「そうよ！　三上さんは絶対、殺人なんて犯せる人じゃないのよ！」

「……」

ミトモのあまりの熱の籠もりように、幾許かの違和感を覚え、高円寺は思わず目の前で拳《こぶし》を握り締める、馴染みの情報屋をまじまじと見つめてしまった。

「……なに？」

「いや、随分思い入れがあるんだな、と思ってよ」

「そんなことないわよ」

途端にふい、と顔を背けたミトモの様子は、やはりそれまで高円寺の見たことのない『恥じらい』を含んでいるように思えた。もしかして、と高円寺はあることを思いつき、カマをかけてみることにした。

「あの三上って男な」

「なに？」

ミトモがビールのグラスを手にし、中身を舐《な》めながら高円寺をちらと見返す。

「男を抱いたことがあるのかって聞いたら、随分前にあるって答えたんだけどよ」

「…………イケズねえ」

高円寺がそこまで喋《しゃべ》っただけで、ミトモは彼が言いたいことを察したらしい。

「やっぱりアレ、お前のことか」

「……ほんと、ヒサモの『刑事の勘』は動物並みよね」

やれやれ、というようにミトモは大きく溜め息をつくと、ぽつりぽつりと話し始めた。

「……今からそうねえ、十年……いや、十五年は前になるかしら……彼氏だったのよ」

「彼氏ねえ」

やっぱりそうか、と高円寺は頷いたのだが、『昔の男』の一人にしては、ミトモの思い入れは強すぎるような気がした。

「まさか初恋とか言い出すんじゃねえだろうな」

「まさか。アタシの初恋は幼稚園よ」

「それなら、初めての男とか？」

「初体験は十三よ」

条件反射になっているのか、高円寺の突っ込みにポンポンと間髪を容れずに応酬したあと、ミトモは苦笑するように笑った。

「もう、話が始まらないじゃないのよ」

「悪かったな」

肩を竦め、ビールを注ぎ足してやろうとした高円寺は、既に瓶《びん》が空であることに気づいた。

「ウイスキーにしようかしらね」

ミトモが立ち上がり、カウンターへと向かっていくと、高円寺のキープボトルと氷を手に戻ってくる。

「……さすが商売人だねえ」

「当然」

ふふ、と笑ったミトモは、二人のグラスに氷を入れ、ウイスキーをどばどばと景気よく注いでひとつを高円寺に差し出し、自分のグラスを合わせた。

「乾杯」

「……で？」

チン、とグラスを鳴らしたあと、高円寺がミトモの顔を覗き込むと、ミトモは高円寺になんともいえない微笑を湛えた顔を向け、またぽつぽつと話を始めた。

「まだアタシも若かったっていうのがあるんだけど、三上さんには本気になっちゃったのよねえ。三上さんもアタシに惚《ほ》れてくれてさ、三ヵ月くらい、同棲してたこともあるのよ」

「……へえ」

気安いように見えて、ミトモが滅多に生活圏内に他人を入れないことを知っていた高円寺は、感心したあまり相槌を打ってしまったのだが、ミトモはそんな彼に、

「昔の話よ」

と照れたような笑いを浮かべると、再び口を開いた。

「結局、まあいろいろあって彼が故郷《くに》に帰ることになってね、それで別れたんだけどさあ、そのときあの人がね……」

「なんだよ、ついてきてくれとでも言ったのか？」

ミトモが何かを言いよどみ、口を閉ざしたものだから、高円寺は半ばふざけてそう茶々を入

れたのだが、グラスを揺らす彼の顔を見て、自分の軽口を悔いた。

「いやあねえ。ヒサモにはなんでもわかるのね」

あはは、と笑ったミトモの瞳がやけに潤んでいることに高円寺は気づいたのである。カラン、とミトモはまたグラスを揺らし、ロックのウイスキーをごくごくとまるで水のように飲み干すと、

「そうなのよ。アタシについてきてくれって言ってくれたんだけどさ、アタシは新宿《ここ》を離れたくないって断って……それで別れることになったのよねえ」

そう笑い、また自分でグラスにどばどばとウイスキーを注いだ。

「悪かった」

「なに謝ってんだか」

そんなミトモに向かい、低く詫《わ》びた高円寺の肩を、ミトモがバンバンと強い力で叩く。

「……まあオカマの純愛よ。昔の話だわ」

「……お前が情の深いオカマだってことは、俺も実体験としてよく知ってるからな」

高円寺もグラスの酒を呷り、自分でウイスキーを注ぎ足し笑いかけた。

「……ふふ、懐かしいこと言い出すじゃない」

くすりと笑ったミトモの目の縁が赤く染まっていた。普段は滅多に酔いを顔に出さない彼のそんな様子を眺める高円寺の脳裏に、今から数年前、一度だけ彼を抱いたときのことが蘇って

いた。

あれは高円寺が捜査上ミスを犯し、犯人逮捕の前に容疑者に自殺をされてしまった、その自棄酒をミトモ相手に飲んでいたときのことだった。意識もないほどに泥酔した彼を、ミトモが自分のマンションに連れ帰り、そこで高円寺は彼を抱いたのだ。

なんか見てられなくてさあ、とミトモは随分あとになってから、高円寺とそのときのことを笑い合ったのだったが、あの夜、ミトモの身体にやりきれぬ思いをぶつけたあと、安らかな眠りを与えてくれた彼の胸にどれだけ救われたかと、高円寺は感謝してもしきれぬ気持ちを抱いていた。

互いに恋愛感情を持っていたわけではない。が、高円寺はミトモに、そしてミトモは高円寺に、警官と情報屋としての関係以上の、友情という言葉では足りない感情を抱き合っている。それだけに今回聞いた、ミトモの『昔の男』については、高円寺はひと肌脱がずにはいられなかった。

「話はわかった。俺もあの事件は気になってたからよ。独自に調べてみるわ」

「……ありがと。アタシも情報、集めておくわ」

そうなりゃ早速捜査だ、とグラスの酒を一気に飲んで立ち上がった高円寺に、ミトモが潤む瞳を向け、小さくそう頷いた。

「それじゃ、何かわかったら連絡するけどよ」

「なに？」

にや、と笑った高円寺の顔を、ミトモが綺麗に描いた眉を寄せ覗き込んできた。

「久々におめえの素顔、思い出したわ。三上も毎朝ぎょっとしてたんじゃねえかなってさ」

「んまーっ！　失礼ねっ」

途端に鬼の形相になったミトモに、「ジョークじゃねえか」と大声で笑い、高円寺はミトモの怒声を背に『three friends』をあとにした。

思わぬところに事件の取っかかりが落ちていた、と高円寺は新宿駅方面へと向かいながら、三上の無表情な顔を思い出していた。

アリバイがあるということは、やはり彼は犯人ではなく、誰かの身代わりとして自首してきたということとなのだろう。インテリにしか見えない彼が暴力団構成員だというのも意外ではあったが、やはり庇《かば》っているのは暴力団関係者なのだろうか、と思いつつ、高円寺はミトモに聞いた店で、彼の話の裏を——ミトモと三上が朝までその店で飲んでいたという証言を得たあと、一人新宿中央公園に向かった。目撃者の話が聞けないかと思ったからである。

「あれ、高円寺さん、今日は非番じゃ？」

中央公園には新宿西署の若手、若木がアベックに聞き込みをしていた。

「おう、実は三上にアリバイがあることがわかってよ」

「本当ですか⁉」

驚きの声を上げた若木と一緒に高円寺も暫《しばら》く聞き込みを続けたが、これといった証言を得ることはできなかった。

「しかし、これでまた課長の機嫌は悪くなるんでしょうねえ」

やれやれ、と溜め息をついてみせる若木の頭を、

「捜査に課長の機嫌が必要あるか」

高円寺はそうペシリと叩き、彼と共に西署に戻ったが、夜遅いこともあり遠宮課長は既に帰宅したあとだった。

その日の宿直は納で、高円寺は宿直室に彼を訪ねると寝ているところを叩き起こし、ミトモの話を伝えた。

「へえ、ミトモの元彼ですか」

納もミトモを情報屋として使っており、人となりもよく知っていたので、話に信憑性ありと踏んだらしかった。

「明日、そのアリバイを本人にぶつけてみるつもりよ。やっぱり身代わりだったたってぇことだな」

「我々の『刑事の勘』も捨てたもんじゃないってことで」

ははは、と笑った納もやはり、遠宮課長の言葉にはむっとしていたらしい。

「邪魔して悪かった。ゆっくり寝てくれ」

それじゃな、と高円寺は宿直室を辞し、高田馬場《たかだのばば》の自分のアパートへと戻った。

翌朝、既に宿直明けの納から、三上のアリバイの話は遠宮の耳に入っていたらしく、高円寺が出署したときには、三上の取り調べが始まっていた。

取り調べに当たっているのは、課内でも古参といわれる斉藤刑事で、同席しているのは若木だと聞いた高円寺は、取調室へと向かった。

「あ、高円寺さん」

調書を取っていた若木を、交代だ、と肩を叩いて追い出したのに、斉藤はちらと高円寺を振り返り、参ったなあ、という顔をした。斉藤は日和見《ひよりみ》主義で今や遠宮課長のシンパとなっており、何かと課長と対立する高円寺とのかかわりを避けたがっていたのである。

「じゃあもう一度聞きますが、事件の日、新宿で飲んでいた事実はない、と言うのですね」

「ありません。私は自宅で飲んでいました」

きっぱりと言いきった三上に、高円寺は驚きのあまり、

「なんだって？」

といきなり大きな声を上げてしまった。斉藤はまた、ちらと高円寺を振り返ったが、再び三上へと視線を戻すと、

「間違いありませんか？」

と念を押した。

「はい。新宿では飲んでいません」

「ちょっと待て、あんたと新宿駅前で朝まで飲んだって証言してる人間がいるんだよ」

勢い込んで叫んだ高円寺の声に、三上は驚いたように顔を上げ、まじまじと彼を見やると静かな声で問いかけてきた。

「……誰です、それは」

「ミトモ……ああ、本名はなんていうんだったかな。二丁目で『three friends』という店をやってる男だ」

やたらと男らしい名だったとしか、ミトモの本名を記憶していなかった高円寺がそう言ったのに、三上は一瞬ぴく、と頬を震わせたが、やがて目を伏せ、首を横に振った。

「……心当たりがありません。その人の名にも、店の名にも」

「新宿駅前の『Bond《ボンド》』であんた、ミトモと朝まで飲んでたんだろ？　『Bond』でも裏取ったぜ」

「別人でしょう。私はミトモという人も知らなければ、『Bond』という店にも行ったことがありません」

「どうしてそう、自分が犯人になりたがるんだっ」

「高円寺！」

バンっと目の前の机を叩き、高円寺が三上を怒鳴りつけたのに、斉藤が何を言い出すのだと慌てて彼を制しようとする。と、三上は再び真っ直ぐに高円寺を見上げ、静かな、だが力強い口調ではっきりこう言った。

「なりたがるのではありません。私が犯人なんです」

「嘘《うそ》をつくなっ」

「おい、高円寺、いい加減にしろ」

もう捨て置いてはおけないと斉藤が立ち上がり、怒声を上げる高円寺の胸を押すようにして取調室から追い出そうとする。

「一体誰の身代わりになろうとしてるんだっ」

「高円寺、落ち着け。課長に知れたら事だぞ」

「課長がなんだってえんだ」

無理やり取調室を追い出された高円寺が、斉藤を怒鳴り返したそのとき、

「捜査の足並みを乱すのはもう、いい加減やめてもらえませんか」

凛とした声が署内の廊下に響き渡り、高円寺と斉藤、そして近くで様子を窺《うかが》っていた若木は一斉に声のほうを見やった。

「……遠宮課長……」

若木がおろおろした声でその名を呼ぶ。その場に佇んでいたのは、華奢な身体をぴったりとしたスーツに包んだ美貌のキャリア、遠宮本人であった。

「……足並みを乱すつもりはない。奴は嘘をついている、それを追求して何が悪い？」

遠宮の声には一種独特の迫力がある。厳しさを湛えた美しいとしかいいようのない彼の瞳にも、人に言葉を失わせる力があり、高円寺は一瞬彼の眼差しを前に怯《ひる》んでしまったのだが、すぐ自分を取り戻すと逆に彼を怒鳴り返した。

「裏づけは取れているのですか？」

「取れてる。昨夜取った。店の人間は間違いないと証言している」

「昨夜？　あなたは非番ではなかったのですか」

遠宮の眉が、不審さを表すように顰められる。

「非番に働いちゃ悪いっちゅう決まりでもあるのかよ」

「随分仕事熱心だと思っただけですよ」

更に声を荒立てた高円寺の前で、遠宮はまるで彼を馬鹿にするように、くすりと笑った。

「悪ぃか？」

「悪いとは言っていません。が、本人があれだけ『知らない』と主張しているのです。その証言者の勘違いということもあるでしょう」

「勘違いなんかするかよ」

がらがら声を張り上げた高円寺の前で、遠宮はうるさいというように眉を顰めると、

「ともあれ、彼は自白もしているし、供述に矛盾はない。近々送検することに変更はありませ

んから」

そう言い、高円寺に何を言わせる隙も与えず踵を返してしまった。

「おいっ」

「高円寺、いい加減にしとけよ」

後ろから斉藤がわかったようなことを言ってくるのを、高円寺は、

「うるせえ」

と怒鳴り返すと、彼の身体を押しのけ再び取調室へと向かった。

バタン、と大きく音を立てて扉を開いた高円寺を、三上が驚いたように見上げてくる。

「お前、一体誰の身代わりになろうとしてるんだ？　本当にミトモのことは知らねえってか？　十五年も前の昔の男のために必死になってるあいつを知らねえなんて言えるのか？」

「高円寺、懲罰もんだぞ！」

慌ててあとを追ってきた斉藤と若木が、高円寺を後ろから羽交《はが》い締《じ》めにして無理やり部屋から出そうとする。

「おいっ！　三上っ！　なんとか言いやがれっ！」

「高円寺さん、マズいっすよ」

「頭を冷やせっ」

屈強の警官二人がかりでは、さすがに高円寺も振り切ることができず、取調室から廊下《ろうか》に叩

き出されてしまった。

「まったくもう」

やれやれ、と肩を竦める斉藤と、心配そうに高円寺を見やる若木を——高円寺は破天荒ながらも後輩の面倒見がいいこともあり、課内では人気を博していたのだった——高円寺は、このまま引き下がってなるものかという思いを込めた拳を自身の掌にぶつけると踵を返した。

「高円寺さん」

「放っておけ」

若木の声と斉藤の声を背に、放っておいてもらおうじゃねえかと思いながら高円寺は署を出、一人捜査に繰り出した。たった一人でも後追い捜査をしてやろうと思ったのである。

「見てやがれ」

小さく呟いた彼の脳裏には、自分を馬鹿にしたように見つめていた遠宮の整った顔があった。送検だけはさせるものか、と再度拳を握り締めた高円寺の耳に、あの宿直室での遠宮の掠れた喘ぎ声が不意に蘇り、思わず彼は足を止めあの夜へと記憶を飛ばしそうになったのだが、

『捜査の足並みを乱すのはもう、いい加減やめてもらえませんか』

意地の悪さすら感じさせる、遠宮の厳しい眼差しと声音を同時に思い出してしまい、彼の胸の中には遠宮への怒りが再燃していった。

「ふざけやがって」

見てろよ、と高円寺はまた拳を掌に叩きつけると覆面パトカーに乗り込み、さてどこへ行こうと考えた。――直情型の彼にはよくあることで、飛び出してから方向性を決めようとしたのである。

もし、三上が『身代わり』であるのなら、それを命じたのは彼の所属する暴力団の幹部だろうと当たりをつけ、高円寺は三東会の事務所に向かうことにした。何か話が聞けるとは思えなかったが、思わぬ拾い物をするかもしれないと淡い期待を抱いてみる。

そのあとは三上の自宅にでも行ってみるか、と一日の予定を決めると高円寺は覆面のエンジンをかけ、勢いよく発進させた。

何がなんでも事件の真相をつきとめてやる、とフロントガラスを睨みつけた高円寺は、自分をこうも突き動かすものはなんだろう、とふと考えた。

遠宮に対する反発がなせるものか、ミトモの純愛に報いようとしているのか、それとも警察官として正義を求める心が自身を動かしているのか――どれも少しずつ当てはまるようで、少しずつ外れているような気がしたが、今は考えるより行動だと気持ちを切り替え、三東会の事務所のある歌舞伎町へと無心で車を走らせたのだった。

5

三東会の事務所では、高円寺は丁寧な応対を受けたが予想どおり、得るものはあまりなかった。

「我々も驚いてるんですよ」

若頭の藤枝《ふじえだ》は肩を竦め、「ご迷惑をおかけし、申し訳ありませんな」と口だけとわかる詫びを言うと、高円寺に三十万ほど包もうとした。

「後ろ暗えことがあると勘ぐっちまうぜ」

つき返した高円寺に、藤枝は笑って、

「いや、歌舞伎町流の挨拶《あいさつ》ですが、お気に召さないとおっしゃるんでしたらやめておきましょう」

と金を簡単に引っ込め、丁重に高円寺を事務所の外まで見送ったが、彼らの様子からは三上が果たして『身代わり』であるのかどうかという裏は少しも取れなかった。

続いて高円寺が向かった三上のマンションでも、得るものがないのは一緒だった。三上は弟と二人暮らしをしていたらしいのだが、弟は随分長いこと部屋にいないようだと管理人は言っていた。

シンプル、としかいえない部屋で、数着の服と、パソコン、会計ソフト以外は何もなかった。パソコンも開いてみたが、組の会計資料が保存されているだけで、三上のプライベートをにおわすようなものはやはり何もない。

「本当にここで生活してたんですかねえ」

「ええ、してましたが、私もここまでモノがないとは思いませんでしたよ」

管理人も呆れていたが、私物と思われるものがここまでないというのは高円寺にとっては驚きだった。毎日寝起きしているだけでも生活の澱《おり》のようなものが部屋にはたまっていくものである。だが三上の部屋はまるでホテルの一室か、それこそウィークリーマンションのようで、彼がここでどのような生活をしていたのか、少しも想像できなかった。一体どういうことなのか、と高円寺は綺麗に片付いた２ＬＤＫの部屋を暫く見て回ったのだが、やはり何も見つけることはできなかった。

唯一、三上の証言が嘘ではないかと思わせたのは、彼の部屋には一切のアルコール類がなかったことだった。が、これも管理人の、『資源ごみで缶ビールの空き缶を出すことは多かった』という言葉を聞いてしまっては、突破口にはなりそうになかった。

三上の部屋を出た時点で既に六時を回っていた。さて、これからどうしようと高円寺が腕時計を見やったとき、ポケットに入れておいた携帯が着信に震えた。

「おう、どうした」

電話はミトモからだった。何かわかったのかと問い返すより前に、ミトモの興奮した声が電話越しに響いてきて、高円寺は思わず携帯を握り直した。

『大変なことがわかったのよ！　すぐに来られるかしら。もうもう、一大事よ』

「おう、わかった」

詳細を聞こうとしたが、ミトモは『すぐ来て』の一点張りで、高円寺は電話を切ると車を署に戻し、タクシーで新宿二丁目に向かった。飲酒運転になることを避けたのである。

刑事課には顔を出さなかったのでうるさく言われることもなく、高円寺はミトモから電話をもらった三十分後には彼の店『three friends』に到着することができたのだが、

「あれえ？」

店内に溢れる見知った顔顔顔に、思わず驚きの声を上げてしまった。

「おう、高円寺、おせえじゃねえか」

既にカウンターでビールを飲んでいた悪友の上条が声をかけてきた横で、

「どうも」

とやはりビールのグラスを上げてきたのは、弁護士の中津だった。

「お邪魔してます」

その横で中津の同棲相手、藤原がぺこりと頭を下げる。彼が飲んでいるのはウーロン茶であ

るのはいつものことで、車で中津を送るためらしい。

「な、なにしてやがんでえ？」

「アタシが呼んだのようっ」

唖然として問いかけた高円寺に、カウンターの中からミトモが、

「いいからヒサモも座って頂戴！　大変なことがわかったのよう！」

と電話と同じく、興奮した声で叫んできた。

「大変なことってなんだよ」

「大変も大変よ。アタシもいろいろ、聞き込んでみたんだけど、大変なことがわかったのよ！」

『大変大変』と『大変』という言葉を何度繰り返したかわからないミトモの話をまとめると、次のとおりだった。

最近、新宿二丁目のハッテン場——ホモが相手を求める場所をこう呼ぶのである——で噂になっているのだが、覚醒剤を餌《えさ》に可愛い男の子を漁《あさ》る金持ちの若い男がいる、というのである。その男はセックスの最中、興奮して相手の男の子の首を絞める癖があり、実際殺されかかった子がいるらしい。

「絶対その男が犯人よ！　間違いないわっ！　三上さんはその男の代わりに自首したのよう！」

興奮して大声を上げるミトモに、高円寺は素直に同調することができなかった。

「言っちゃなんだが、ちょっと一足飛びすぎやしねえか？　おめえの話だと共通点は『首を絞められた』ってとこだけじゃねえか」

「違うのよう！　あの殺された男の子、佐藤君っていうんだけど、彼がその噂を聞いて、面白そうだから自分も相手してみたいって言ってたらしいのよう」

「なんだって？」

それなら話は別だ、と身を乗り出した高円寺に、ミトモは大きく頷くと、

「あの子、覚醒剤にも手を出してたし、そんなオイシイ話があるなら是非乗ってみたい、首くらい絞められてもいいって、その金持ちを捜しまくってたんですって」

と目を輝かせ、言葉を続けた。

「……あの夜、ようやく捜し当て、公園でことをなそうとして、実際首を絞められた——というわけか」

「きっとそうよ。そうに違いないわよ」

ミトモがますます興奮して叫ぶのに、話を聞いていた上条が、

「それにしてもよ、その若い男ってのが誰だかわからなきゃ、話にならねえんじゃねえか」

と口を挟んできた。もっともだ、と高円寺が頷くのに、

「それがわかってるから、今夜はみんなに集合かけたんじゃない！」

ミトモはこれ以上はないというほどの大声を出し、バン、とカウンターを平手で叩いて皆を

驚かせた。

「誰なんだよ」

「前に大臣も務めたことのある、森脇隆文《もりわきたかふみ》……知ってるでしょう?」

「勿論知ってるが?」

それがどうした、と眉を顰めた高円寺に、ミトモは彼を仰天させることを言い出した。

「その一人息子、今年二十一歳になる森脇修一《しゅういち》、彼がその『首絞め魔』だっていうのよう」

「なんだって?」

「森脇代議士の息子か」

驚いたのは高円寺だけではなく、上条も中津も、そして藤原も驚きの声を上げ、それぞれに顔を見合わせた。

「……しかし、それだと暴力団が絡むのはない話じゃないかもしれません」

「なんだりゅーもん、なんか知ってるのか?」

驚きが去ったあと、藤原が、そういえば、と話し始めたのに、高円寺が先を促すと、

「どこまで信憑性があるかはわかりませんが、森脇代議士には暴力団と通じているという黒い噂があるんですよ。あれだけの大物になると、収入源になりたがる輩《やから》が多いらしくて」

「暴力団……三東会がその『収入源』のひとつってことなのかな」

「調べてみないとわかりませんが」

「りゅーもんちゃん、調べてみてようっ」

ミトモが黄色い声を出し、カウンター越しに藤原に抱きつくのに、藤原の横で中津がコホン、と咳《せき》払いしてみせた。

「あら、ごめんなさいね。いやあねえ、中津ちゃんもヤキモチなんか妬《や》くのねえ」

「別にそういうわけじゃないけどね」

つんと澄ました顔でそう告げた中津の横で、藤原がこれ以上はないというくらいのやに下がった顔になる。

「ミトモ相手に妬くたあ、中津も余裕ねえなあ」

「んまー、失礼ねっ！　それどういう意味ようっ」

ミトモが目を剝き、そう言う高円寺を睨みつけたそのとき、カランカランと店のドアにつけたカウベルが鳴り響いたものだから、皆一斉にドアを見やった。

「な……っ」

その場に現れたあまりに見覚えのある人物に高円寺が驚きの声を上げるのに被せ、

「ごめんなさいねえ、開店は十時からなのよう」

ミトモの営業声が店内に響き渡る。

「客ではありません。部下を迎えに参りました」

「部下ぁ？」

上条が素っ頓狂に叫んだ横で、高円寺は不機嫌さを隠そうとする努力もせず、スツールから立ち上がった。

「何しに来やがった」

「え？　部下って高円寺……」

中津が驚きに目を見開く。その場にいた全員の注目を集めていた扉の前に佇む人物は、高円寺の上司、遠宮であった。

「えらい別嬪《べっぴん》さんじゃねえの」

ヒューと品のない口笛を吹いた上条に、遠宮はちらと視線を向けたが綺麗に無視すると、真っ直ぐに高円寺に向かい歩み寄ってきた。

「捜しましたよ。携帯の電源は常に入れておくようにと言ってあるはずですが」

「そりゃ悪かったが、どうしてここがわかったんだ？」

遠宮に対する高円寺の口調が、彼らしくなく毒を含んでいることに、悪友たちをはじめ、ミトモも藤原も気づいたようで、はらはらしながら彼らのやりとりを見守っていた。

「どうでもいいことでしょう。ともあれ、署に戻ってください。話があります」

「……署からつけてきやがったな？」

それ以外、遠宮が自分の居場所を知るチャンスはない。そのことに気づいた途端、高円寺の頭にカッと血が上った。それは部下を尾行するという遠宮のやり方に腹を立てたのが半分、遠

宮の尾行に少しも気づかなかった自分を情けなく思ったのが半分の苛立ちだったのだが、遠宮は、

「どうしてここに私が来たかは『どうでもいいこと』だと申し上げたはずです」

と相変わらずの冷たい口調でそう告げ、「行きますよ」と踵を返しかけた。

「なんの用があるってんだよ」

おとなしくついてなど行くものか、と高円寺は一歩も歩み出さず、遠宮の背に怒声を浴びせかける。遠宮の動きがぴたりと止まり、肩越しに高円寺を振り返ると、一言、

「上司命令です」

少しの感情も含まぬ声でそう言い、さあ、と顎《あご》で高円寺を促した。

「おいおい、そう頭ごなしに言わんでも」

熱しやすいという面では、高円寺に勝るとも劣らない上条が、友人を顎で動かそうというのかと気色ばんだ声を出したのに、遠宮は彼へと身体を返すと、

「東京地検特捜部の上条検事ですね。お口出しは無用に願います」

と礼儀正しくもまさに慇懃《いんぎん》無礼《ぶれい》そのものの口調でそう言い、かっきり九十度頭を下げてみせた。

「なっ……」

絶句した上条をちらと見たあと、遠宮は視線を隣で唖然としていた中津と藤原へと向けた。

「弁護士の中津先生にあなたは、もとN新聞の藤原さんですね。そして」

遠宮の視線がカウンターの中のミトモへと注がれる。

「情報屋のミトモさん……いつも高円寺が大変お世話になっています」

「お前に言われる筋合いはねえぜ」

高円寺の怒声には戸惑いが表れていた。なぜこの場にいる全員の名を知っているのだ、と高円寺が遠宮を問い詰めようとするより前に、遠宮は厳しい視線をミトモに向け、更に高円寺を驚かせることを言い出した。

「だが、偽証はいけない。情報屋としてのあなたの信用にもかかわりますよ」

「偽証？」

「何言いやがる」

驚きの声を上げる皆の間で、ミトモの頬がぴくりと動いたのを、高円寺は見逃さなかった。まさか、と言葉を失う高円寺の前で、遠宮は滔々《とうとう》とミトモの『偽証』を話し始めた。

「あなたが三上と一晩中飲んでいたという新宿駅前の『Bond』のマスター、岡谷《おかや》氏が、あなたに頼まれてこの高円寺刑事相手に偽証したことを認めました。実際はあなたと三上はあの店に深夜十二時から一時までしかいなかった。あの店を一時に出れば、犯行現場の新宿中央公園に二時までに行くのは充分可能です。三上のアリバイはまったく成立しないことになります」

「……ミトモ……本当か……？」

高円寺の問いかけに、ミトモはじっと俯き何も答えなかった。それが答えか、と高円寺が溜め息をつく。

情に厚い彼が、『昔の男』を助けるために嘘をついたというわけか——気持ちはわからないでもないが、信頼していたミトモに騙《だま》されたという事実は、高円寺にとってショックであった。

「……なんだってそんな……」

つい、責める口調になった高円寺の前で、ミトモは、

「ごめんなさい……」

と深く項垂《うなだ》れたあと、「でも」と顔を上げ、高円寺に縋《すが》るような目を向けた。

「でも信じて。三上さんは絶対人殺しするような人じゃないの。直前までアタシ、会ってたけど、あのあと彼が人殺しに行ったなんて、どうしても信じられなかったの。彼、家に帰るって言ったのよ。公園なんかに行くわけがないわっ！　絶対彼は身代わりで自首させられたのよっ」

「それはあなたの希望的観測で事実じゃない」

悲壮さを感じさせるミトモの叫び声を遮《さえぎ》ったのは、どこまでも冷静な遠宮の声だった。

「……そんな……」

「そんな言い方はねえだろう」

高円寺は自分が傷ついたことも忘れ、絶句するミトモをつい庇うようなことを言ってしまっ

たのだが、途端に遠宮は、やれやれ、とでも言いたげな溜め息をつき、肩を竦めてみせた。

「本当にどこまでもお人よしだ」

「なにを？」

蔑《さげす》むような視線を投げかけられ、高円寺は思わず遠宮の胸倉を摑もうと腕を伸ばしたのだが、

「やめとけよ」

「そうだよ、査問《さもん》にでもかけられたら馬鹿馬鹿しいだろ」

後ろから上条と中津に止められ、うう、と低く唸ると挙げていた拳を下ろした。

「帰りますよ」

そんな高円寺の様子をちらと一瞥《いちべつ》したあと、遠宮は相変わらずなんの感情も含まぬ声でそう告げ、踵を返した。

それこそ査問にでもかけられたら明日からの捜査に差し障る、と高円寺は大きく溜め息をつくと、遠宮のあとについて店を出ようとした。

「……ヒサモ……」

高円寺の背に、ミトモの弱々しい声が響く。

「……騙すつもりはなかったの……でも、アリバイでもなきゃ、犯人にされてしまうと思ったのよ……」

「わかってるよ」

高円寺は肩越しにミトモを振り返り、笑って右手を挙げてみせた。

「ヒサモ……」

「任せとけ。俺も三上はホンボシじゃねえと思ってるからよ」

わざと遠宮に聞こえるような大声を出した高円寺の前で遠宮は一瞬足を止めたが、振り返りはせずそのままカウベルを鳴らして店を出ていってしまった。

「あまり無茶すんなよ。穏便に、穏便にだぜ」

上条が声をかけてきたのに、

「おめえが『穏便に』なんて言っても全然説得力ねえぜ」

高円寺はがらがら声を張り上げて笑うと、それじゃな、と皆を振り返り、笑顔で店を出た。が、その笑顔も、店の外で彼が出てくるのを待っていた遠宮の冷めた目線を前に、仏頂面へと変わった。

「行きますよ」

遠宮が先に立って歩き出す。そのすぐ後ろを歩きながら、高円寺は憤懣やる方ない思いを彼にぶつけてしまった。

「俺をつけてきたのかよ？　いつからだ？」

「どうしてもそれが気になるというのなら教えましょう。あなたは今日一日、単独行動をしていましたね。一体何を捜査しているのか、上司として気になるのは当然でしょう？　それでいったん署に戻ったあなたをつけてここまで来たというわけです」

「だったらこそこそしねえで、どこに行くのか、何をしてるのか聞きゃあいいじゃねえかよ」

「聞いたところであなたが素直に教えるとは思いませんでしたものでね」

「お得意の『上司命令』を持ち出しゃいいじゃねえか」

揶揄《やゆ》するような高円寺の口調が気に障ったのか、遠宮の足がぴたりと止まった。

「なんだよ」

じろ、と肩越しに睨みつけてきた遠宮を、高円寺は負けじと睨み返す。

「それなら上司命令でお聞きしましょう」

「あ?」

遠宮が身体を返し、真っ直ぐに高円寺を見上げてきた。二丁目の街中、店のライトやら街灯やらで昼間のように明るい路上に佇む男二人の姿は、場所が場所だけに周囲の視線を集めたが、当人たちはそんな興味深げな視線には無頓着で、じっと睨み合ったまま会話を続けていた。

「あのミトモという情報屋とあなたの関係は?」

「なんだって?」

一体何を聞かれたのだと素っ頓狂な大声を上げた高円寺に、遠宮は畳み掛けるような口調で言葉を続けた。

「情報屋と刑事というだけの関係なんですか？　それ以上の関係があるのでは？　なぜあの情

報屋は三上の件であなたを頼るのです？　何か特別な関係が二人の間にはあるということなのではないですか？」

「特別な関係ってなんだよ」

「肉体関係を伴う仲なのかと聞いているのです」

「肉体関係だあ？」

馬鹿か、と高円寺が一蹴《いっしゅう》するのに、

「『馬鹿』というのはどういう意味ですか。私はYESかNOかを尋ねているのです」

遠宮は相変わらずなんの感情も籠《こ》もらぬ声で高円寺を問い詰め続けた。

「くだらねえ。なんでそんなこと、わざわざ言わなきゃいけねえんだよ。プライバシーだ。あんたに関係ねえだろ」

「上司命令です。答えなさい」

「そんな上司命令、聞けるわけねえだろ」

「じゃあどんな『上司命令』なら聞けるというんです」

売り言葉に買い言葉——であった。理性的な口調を崩さず、淡々と問い詰めてくる遠宮の、なんの感情も表れていない仮面のような美貌に、高円寺は真剣に苛立ってしまっていたのだ。だから『どんな上司命令』と切り出されたとき、遠宮を凹ませるような言葉は何かと考えたのだったが、そんな彼の脳裏にあの、宿直室での夢かうつつかわからぬ彼との行為が蘇《よみがえ》った。

「そうだな……たとえば、思いっきり喘がせてみろだの、奥まで突っ込んでこいだの、そういう『上司命令』なら喜んで聞いてやるぜ」

「……」

これでもかというくらいの下品な高円寺の言葉に、遠宮は一瞬絶句した。ざまあみろ、と高円寺がにやりと笑う。

——が、続く遠宮のリアクションは、高円寺の予想をはるかに超えたものだった。

「……いいチョイスだな」

「なんだと？」

街灯を受け煌《きらめ》いていた瞳を細めるようにしてにっと微笑んだ遠宮が、高円寺の腕を摑んだのである。

「な？」

「その手の上司命令なら聞いてもらえるというのなら、聞いてもらおうじゃないか」

「おいっ？？」

高円寺の手を取ったまま、遠宮は人通りの多い仲通《なかどお》りを抜け、靖国通《やすくにどお》りを歌舞伎町に向かって歩き始める。

「おい？」

まさか本気ではあるまい——彼も売り言葉に買い言葉でそんなことを言い出しただけだろう

と思っていた高円寺の予想は、歌舞伎町のラブホテルに遠宮に腕を引かれて入った時点で外れていた。

「……おい？」

迷いもなく電光掲示板で部屋を選び、キーを受け取った遠宮が、高円寺の手を引き予約した部屋に入る。

「………あのなあ」

かちゃりと部屋のドアが閉まったあと、おとなしくついてきた自分も自分だ、と半ば呆れつつ高円寺は遠宮に声をかけた。

「それじゃあ早速聞いてもらおうか」

遠宮はここで初めて高円寺の手を離し、挑戦的とも取れる視線を彼に真っ直ぐに向けてきた。

「なにを？」

「上司命令を」

遠宮の手が彼のスーツのボタンにかかる。

「上司命令だ？」

「ああ。『この場で私を満足させてみろ』……そういう命令なら聞くんだろう？」

「満足って、おい……」

本気だったのか——ホテルの部屋まで来ておいて『本気』も何もないとは思ったが、それでも高円寺は目の前で遠宮が手早くスーツを脱ぎ捨て、ネクタイを外し、シャツを脱ぐのを呆然と見やってしまっていた。

「……まさかそのナリをして、脱がせてほしいと言い出すのではないだろう？」

あっという間に全裸になった遠宮を前に、高円寺はごくりと思わず生唾を飲み込んでしまった。

服を着ている彼は華奢に見えたが、よく見ると綺麗に筋肉のついた、しなやかないい身体をしていた。均整が取れているという意味ではこれ以上はないほどのバランスなのだろう。そしてその身体を覆《おお》う皮膚の美しさに、高円寺は見惚れてしまっていた。

宿直室で彼の剝き出しの下肢を見たとき、白磁のようだと思った美しい白い肌が、室内の照明を受け、光り輝いているように高円寺には見えた。ぬめるような光は全身をうっすらと覆っている汗によるものだということがわかったが、わかってなお神秘的な美しさを湛える肌に、高円寺の目は釘付けになった。白い肌に薄桃色の胸の突起がぽつんぽつんと浮かんでいるのが、えも言われぬアクセントとなり、高円寺の視線を惹《ひ》きつける。薄い体毛に覆われた彼自身も薄桃色で、この状況に興奮しているのか勃ちかけている様がまた、高円寺の劣情《れつじょう》を誘った。

「どうした？」

さあ、と遠宮が真っ直ぐに高円寺に手を伸ばしてくる。一体どういうつもりで遠宮はこんなことをしているのか——思考をつかさどる理性が、今、高円寺の内から失せつつあった。

「やはり脱がせてほしいということかな」

挑発的なことを言う唇の紅さが目に飛び込んできた――と思ったときには、高円寺は遠宮に大股で歩み寄り、その背を抱き寄せながら貪《むさぼ》るような勢いで彼の紅い唇を唇で塞《ふさ》いでいた。

「……っ」

どさ、とベッドに倒れ込んだあとは、高円寺は遠宮の首筋に顔を埋めた。遠宮の手が高円寺のスーツのボタンを外し、タイを緩め、シャツのボタンを外していく。シャツの下には何も着ていない高円寺の裸の胸を遠宮の両手が這い回る、その感触に我に返った高円寺は顔を上げ、まじまじと遠宮の顔を見下ろした。

「……どうした……?」

まさに『嫣然《えんぜん》』というに相応しい笑みを浮かべた遠宮が、高円寺の胸を弄りながらじっと彼を見返してくる。

「……どういうつもりだ……」

思わず押し倒してしまったが、どう考えてもこの状況は不自然だと戸惑った声を出した高円寺の前で、遠宮は高く笑い声を上げた。

「今更、『どういうつもり』もないだろう」

あはは、と笑いながら遠宮が、高円寺の両胸の突起を抓《つね》り上げる。

「……っ」

痛みを覚え、顔を顰めた高円寺を見て遠宮はまた楽しげな笑い声を上げると、再びじっと高円寺を見上げてきた。

「……言ったろう？　上司命令だと。『この場で私を満足させてみろ』」

「マジかよ」

胸にある遠宮の手を振り払い、高円寺が呆れた声を出す。

「ああ。満足させられるだけの能力があるか、それはあなた次第だけれどね」

「言いやがったな」

その言葉に腹を立てた——というわけではなかった。勿論腹が立たなかったわけではない。だが高円寺が立て膝をして手早く服を脱ぎ捨て、全裸になって遠宮の身体にむしゃぶりついていったのは、彼への腹立ちからというよりは、己の劣情を抑えかねたからに他ならなかった。

「……あっ……」

先ほどのお返しとばかりに高円寺は薄桃色に色づく遠宮の胸の突起にしゃぶりつき、もう片方を指先でこねくり回した。

「……あっ……やっ……あっ……」

すぐに勃ち上がった胸の突起を舌先で転がし、時に軽く歯を立てながら、片方を強いくらいの力で捻《ひね》り上げる。

「あっ……んんっ……」

遠宮の唇から高い喘ぎが漏れ始め、高円寺の身体の下で白い裸体が快楽に耐えきれぬように捩《よじ》られた。既に二人の腹の間で、遠宮の雄は勃ちきり、先走りの液を零している。よほど感じやすい体質なのかと頭のどこかで冷静なことを考えつつ、高円寺が唇を彼の胸から腹へと滑らせようとすると、遠宮の手が伸びてきて高円寺の髪を摑んだ。

「……?」

なんだ、と顔を上げた高円寺は、潤んだ瞳で己をじっと見下ろす遠宮とかちりと目が合い、らしくなく動揺してしまった。薄く開いた唇の間から覗く赤い舌先や、紅潮した頬の淫蕩《いんとう》さに思わず目を奪われてしまったからである。

が、そんな彼の動揺は、そのあまりにエロティックな遠宮の唇から発せられた言葉に、『驚《きょう》愕《がく》』へと姿を変えた。

「……まだだ……」

「え?」

何がまだだというのだと眉を顰めた高円寺の頭を、遠宮は己の胸へと引き寄せる。

「まだ足りない……もっと胸を弄れ」

「なっ?」

まさかそんなことを『命令』されるとは思っていなかった高円寺が驚きに目を見開くのにかまわず、遠宮は彼の頭をぐいぐいと己の胸へと引き寄せようとする。

「……とんだ女王様だぜ」

これも上司命令か、と高円寺は肩を竦めると、再び遠宮の熟れたような赤さを宿していた胸の突起に歯を立てた。

「あっ……あぁっ……」

途端に高く声を上げたところを見ると、痛いほどの刺激がお好みらしい——単なる『上司命令』であれば高円寺も反発しただろうが、閨《ねや》での遠宮の女王ぶりはなかなかに彼にとっても新鮮で、高円寺自身が楽しみつつあるのも事実だった。

「あっ……いやっ……あっ……あっ……」

『まだ』と言われたからではないが、執拗《しつよう》なくらいに胸の突起をしゃぶり上げ、指先で摘んだり爪を減《め》り込ませたりしてやると、遠宮はこれで達してしまうのではないかというほどに髪を振り乱し、己の享受する快楽の大きさを伝えてきた。

「胸だけでイクつもりかよ……」

思わず顔を上げて呟いた高円寺の声など聞こえぬように、彼の下で身悶《みもだ》え、開いた両脚を高円寺の腰へと回すと下肢をすり寄せてくる。そろそろ下半身も弄らせてもらおうと高円寺は二人の腹の間に手を差し入れ、勃ちきった遠宮の雄を摑んだのだが、その途端にあれほど乱れていたはずの遠宮が、再び、

「違う」

と高い声を上げ、高円寺の肩に両手でしがみついてきた。

「……違う？」

「……っ……手ではだめだ……口で……口でしろ」

「……了解だぜ、女王様」

息を乱しながらの『命令』に、高円寺はにやりと笑い、己を抱き締めるように回された遠宮の腕や脚を解くと、彼の下肢に顔を埋め、勃ちきったそれを口に含んだ。

「あっ……はぁっ……あっ……」

勢いよく竿を手で扱き上げながら、先端を硬くした舌先でぐりぐりと割ってやる。高円寺の口淫に遠宮の身体はベッドの上で跳ね上がり、高い嬌声《きょうせい》が彼の形のいい唇から絶え間なく漏れ続けた。

「あっ……あぁっ……あっ……」

快楽に身悶える遠宮の身体は、全身をうっすらと覆う汗が天井の光を受けて、ぬめるような煌きを発している。高円寺の目を奪った彼の肌をますます妖艶《ようえん》に彩るその光に、高円寺も自身が高まるのを次第に抑えられなくなってきた。

「だめだっ……それ……それ以上はっ……あっ……」

達してしまうというのだろう、高円寺の髪をぎゅっと摑み、遠宮が自身を彼の口から出させようとする。

「痛《いて》えな」

抜けたらどうすると軽口を叩いたはずの高円寺の声は掠れ、身体を起こした彼の雄も既に腹につくほどに屹立《きつりつ》していた。その様をじっと見つめる遠宮の美しい瞳が、欲情に潤んでいくのが高円寺の目に映る。

「……来い」

言いながら遠宮が、高円寺の前で大きく脚を開いた。

「女王様は正常位がお好みか」

その脚を両手で抱え、高く腰を上げさせると、高円寺は勃ちきった彼自身を入り口に擦りつけ、焦《じ》らすように何度か行き来させてやった。

「早く……っ……来いっ……」

遠宮の脚が高円寺の腕を離れ、彼の腰へとしっかりと回される。

「焦らされるのはお好みじゃないと」

「ぐだぐだ言ってる間に……来い……っ」

ドン、と踵《かかと》で背中をどやしつける遠宮の命令口調がやたらと切羽詰《せっぱつ》まっていることが、高円寺の劣情に火をつけた。

「行ってやるぜ」

低く呟いたと同時に、ずぶ、と先端を挿入する。少しも慣らされぬそこへの挿入は乾いた痛みを高円寺のそれに与えたが、受け入れる遠宮も同じ痛みを感じたらしい。

「……んっ……」

軽く眉を顰めたものだから、それを見た高円寺は腰を引こうとしたのだが、気配を察したらしい遠宮が高円寺の腰に回した脚で、ぐい、と彼の身体を引き寄せてきた。

「……っ」

接合が深まり、またも痛みを感じた高円寺は眉を顰めたが、遠宮はなおも強い力でぐいぐいと彼の腰を抱き寄せ続ける。

「貪欲だな」

呟いた己の声が欲情に掠れてしまったことに苦笑しつつ、高円寺はそこまでお望みならと、遠宮の両脚を抱え直し強引に腰を進めた。

「あっ」

遠宮の身体がシーツの上で大きく仰《の》け反《ぞ》り、白い喉《のど》が露《あらわ》になった。食らいつきたくなる肌の美しさに目を奪われながらも高円寺の動きは止まらず、ズンズンと速いリズムで遠宮の内に己の雄を突き立ててゆく。

「あっ……はぁっ……あっ……あっ……」

高円寺の雄から零れ落ちる先走りの液が遠宮の内を濡らし、律動が滑らかになっていた。奥へ奥へと腰を進める高円寺の身体の下で、遠宮の身体が壊れた操り人形のように跳ね上がる。

「あぁっ……あっ……あっ……あっ」

二人の下肢がぶつかるたびに、パンパンという高い音が室内に響き、接合した部分がこれ以上はないほどに熱くなる。単調なリズムで延々と突き上げ続けながら、高円寺は己を内に収め、乱れまくる美しい上司の姿を見下ろした。

そろそろ後ろへの突き立てが苦痛になってきたのか、顰めた眉は快楽よりも苦痛を物語っているように見える。解放してやるか、と思い彼の雄へと手を伸ばしかけた高円寺の脳裏にふと、あの宿直室での遠宮の冷笑が蘇った。

『……マグナムだ、バズーカだと聞いていたが……早いな』

そういえばそんな失敬なことを言われたのだったと高円寺は伸ばしかけた手をまた遠宮の脚へと戻し、変わらぬ単調なリズムで彼の後ろを侵し続ける。

「あっ……あぁっ……あっ……あっ……あぁっ……」

辛いだろうに決して『辛い』と言うことなく、高円寺の意図を察したのかまるで意地になっているかのように高く声を上げ始めた遠宮に、高円寺は呆れた視線を向けた。演技に違いない喘ぎに萎えそうになる己を騙しつつ、仕方がない、と高円寺は遠宮の雄を摑むと一気にそれを扱き上げた。

「まだっ……まだだっ……まだ……いかせるなっ……」

途端に目を見開き、叫び声を上げた遠宮に高円寺はぎょっとしたが、彼の手は止まらなかっ

た。もとより高円寺に加虐の気はない。どう見ても辛そうにしか見えぬ遠宮に、苦痛を強いるのは彼の趣味ではなかった。

「ああっ……」

そのとき遠宮が高く叫び、高円寺の手の中に白濁した液を飛ばし、達した。

「……っ」

同時に壊れたようにひくつく彼の後ろに己の雄を締め上げられ、高円寺も彼の中で達し、低く声を漏らした。はあはあと整わぬ息の下、高円寺が遠宮の身体の上から退こうとする。だがそのとき、遠宮の脚がまた腰へと回り、ぐい、と抱き寄せてきたのに、高円寺は思わず驚きの声を上げていた。

「なんでえ？」

「……もう一回……」

「もう一回だ？」

遠宮の白い胸は高円寺の比ではないほど大きく上下しており、息苦しさすら感じているだろうと思うのに、何をそんなにがっついているのだと高円寺は呆れた声を上げ、己の腰を離そうとしない上司の顔を見下ろした。

「……まだ……足りない」

「充分《イナフ》だろうよ」

まったく、と高円寺が己の背中へと腕を回し、遠宮の脚を解こうとする。と遠宮は伏せていた目を見開き、署内で見せるような厳しい眼差しを高円寺へと向けてきた。

「……上司命令だ。もう一回」

「……あのなあ」

「忘れたのか」

こんな命令があるかと高円寺は言い返そうとしたのだが、『思いっきり喘がせてみろだの、奥まで突っ込んでこいだの、そういう「上司命令」なら喜んで聞いてやるぜ』という自分の言葉を思い出し、やれやれ、と遠宮の脚を抱え直した。

「……思う存分、喘がせてみろ」

同じことを考えていたらしい遠宮が挑発的な笑いを浮かべ、高円寺の胸へと手を伸ばす。

「……明日腰が立たなくなっても知らねえぜ」

「できるものなら」

高円寺の言葉は一応の気遣いだったのだが、遠宮の返事はどこまでも挑戦的だった。

「やってやろうじゃねえかよ」

こうなりゃ身体でわからせるしかない、と高円寺は溜め息をつくと、ゆるゆると腰を動かし始めた。既に硬さを取り戻しつつある高円寺の雄が抜き差しされるたびに、先ほど彼が放った精液がそこから流れ落ち、ぐちゅぐちゅという淫猥《いんわい》な音を響かせてゆく。

「……あっ……」

遠宮の手が高円寺の胸から肩へと移動し、強い力でしがみついてくる。二人の腹の間で彼の雄も再び形を成しつつあった。首筋に感じる遠宮の吐息が高円寺を高め、次第に腰の律動が速まってゆく。

「あっ……はぁっ……あっ……あっ……」

再び遠宮が高く声を上げ始めたときには、高円寺は行為に没頭していた。己の欲情の赴くままに猛《たけ》る雄を突き立て続ける彼の身体の下で、遠宮の華奢とも見える身体が撓《たわ》み、跳ね、身悶える。

「はぁっ……あっ……あっ……あっ」

急速に絶頂へと上り詰める高円寺の目の前にきらきらと煌く光が満ちる。それが己の身体から迸《ほとばし》る汗だということに気づくことなく、高円寺はその幻のような光を見つめながらただひたすらに腰を動かし続けた。

遠宮も身体を鍛えていないわけではないだろうが、怪物並みだの体力年齢は十代だのと言われる高円寺にはかなうものではなかった。三度目の絶頂を迎えたあと、失神してしまった彼の身体を高円寺は慌てて抱きかかえたのだが、遠宮の意識が戻る様子はなかった。

「おい？　大丈夫か？」

ぱちぱちと軽く頬を叩いてやっても、はあ、と小さく息を吐き出しただけで、そのあと昏睡《こんすい》してしまったのだが、息遣いも正常にみえたので高円寺はそっと彼の身体をベッドに横たえ、上掛けをかけてやった。

やれやれ、と溜め息をつき、汗で額に張り付く前髪をかき上げてやる。見れば見るほど端整な顔だと思いながらじっと見下ろす遠宮の眉は、苦痛か苦悩を表すように顰められ、眉間に縦皺ができていた。

「……………」

一体この男は何を考えて、自分をホテルになど誘ったのだろうか。

売り言葉に買い言葉――で片付けるには、ホテルでの彼の積極的な振る舞いが気になった。まるで自分とベッドを共にすることを望んでいたかのようではないか、と考えかけたが、そんな馬鹿な、と高円寺は自分自身に苦笑した。

男が欲しかったのだろうか――だから宿直室で高円寺を『犯し』、今日、こうして自分をホテルに誘ったと――？

しかし男が欲しいのであれば、これだけの美貌の持ち主である、相手に不自由はしないだろう、と高円寺はその考えも退けた。遠宮の身体は、男に抱かれ慣れているようには思えなかったというのも、違うなと彼が考えた理由のひとつであった。

そうなのだ。だいたい、日頃何かと目の敵にしている自分に、『抱け』と命じること自体、不自然極まりない気がする、と高円寺は遠宮の顔を再び見下ろし、そっと眉間の皺を指先で撫《な》でてみた。

「……ん……」

小さく遠宮が吐息を漏らす。目が覚めるかなと思ったが、彼はそのまま寝返りを打ち眠り込んでしまったようだった。

「……」

高円寺の指先が触れたからというわけではないだろうが、先ほどまでくっきりと刻まれていた眉間の皺が消え、今は安らかに寝息を立てている遠宮の顔に高円寺の目は惹きつけられる。

目を閉じているからか、柔和な表情になると遠宮は二十六歳という年齢よりもだいぶ幼く見えた。目の下が落ち窪《くぼ》んでいるように見えるのは、激しすぎる運動の影響か、はたまた長く濃い睫《まつげ》が影を落としているからなのかわからなかったが、それを差っ引くと彼の顔は十代といっても通るのではないかというあどけなさを宿していて、そんな彼を意識を失うほどに攻め立てたことに対する罪悪感が高円寺の胸に溢れてくる。

多分目を開けるとまた、わざと人の癇《かん》に障るようなことを言い出し、俺をむっとさせるのだろうと思いつつ、高円寺はさらりと遠宮の髪を撫で上げた。白い額が露になると、高円寺は理由のわからぬ衝動に駆られ、唇を近づけてしまっていた。

「……ん……」

遠宮の額に軽くキスする自分の心に、一体どういうつもりなんだと高円寺は問いかけたが、うまい答えは見つからなかった。このまま一人遠宮を残して帰るわけにはいかないとは思ったが、ひとつベッドに寝るのもどうかと高円寺は周囲を見回し、申し訳程度に置かれている二脚のソファを今日の寝床と決め、先にシャワーを浴びようと浴室へと向かった。

それにしても、一体自分は何をしているのだろう――シャワーのあと、冷蔵庫から出したビールで喉を潤しながら、高円寺はしどけなく眠り続ける遠宮の顔を見やる。規則正しい遠宮の寝息を子守唄に高円寺は巨体を小さなソファに横たえ、自らにも説明のしようのない一夜を明かすことになった。

6

翌朝、高円寺《こうえんじ》が目覚めたときには、既に遠宮《とおみや》は部屋を出たあとだった。眠れない、とビールのあとウイスキーへと手を伸ばした高円寺が酔いつぶれて寝ている間に、一人帰っていったらしい。メモも何も残されていなかったが、チェックアウトは彼が済ませていた。高円寺が目覚めたのが午前六時であったから、相当早くホテルを出たのだろうとは思ったが、一人で帰るとは水くさいじゃないかと高円寺は心の中で悪態をついた。

いったん高田馬場《たかだのばば》の自宅に戻り、再びシャワーを浴びて頭をすっきりさせる。椅子でなど寝たからか腰が少し痛んだが、それ以上の疲れは高円寺の身体には残っていなかった。

『……明日、腰が立たなくなっても知らねえぜ』

『できるものなら』

シャワーを浴びながら高円寺はふと、遠宮のことを考えた。自分でもやりすぎだと思うような行為を与えた彼の細い身体には、疲れが残っていないだろうかと案じる自分に苦笑する。

命じられたとおりに動いただけじゃないか、気にすることはない、とシャワーを頭から被りながら、それにしてもあの『女王』ぶりはなかなかに興奮したなと高円寺はまた違った意味で苦笑した。自分には被虐のケがあるのではないかと思ったからである。

胸を弄《いじ》れだの、突き上げをやめるなだの、してほしい行為を口に出す遠宮の慎みのなさは、決して高円寺の嫌うものではなかった。日本人特有の『目で語る』言葉を読み取るのを苦手とする高円寺にとって――自分とはまったく関係のないところでは、人の心の機微を読み取ることができるのに、どうして自分がかかわると途端に察しが悪くなるのかと、高円寺は今まで友人やら閨《ねや》を共にした恋人やらにそう言われ続けていた――自分の感情を言葉に出す相手との付き合いは、『楽』以上の何ものでもないからである。

遠宮の言葉が彼のどういった感情の発露なのかということに思考がいきそうになるのを、高円寺は再び頭からシャワーを被って自戒した。考えても答えが出るとは思えなかったが故《ゆえ》の行為で、日常において高円寺がよくやることだった。

どちらにせよ、出署すれば顔を合わせなければならないのだ。直接聞いてやろうじゃないかと高円寺は心の中で呟《つぶや》くと、手早くシャワーを浴び終え、支度を始めた。

高円寺の予測を裏切り、刑事課に顔を出したが遠宮はまだ来ていなかった。午後から来ると連絡があったと納《おさ》に聞き、高円寺の胸に昨夜過《よ》ぎった『罪悪感』が再び湧《わ》き起こる。

「身体の具合でも悪いってか？」

「いや、所用があると言ってましたよ」

『所用』が真実か嘘《うそ》かを確かめる術はなかったが、気にしてもどうなるものでもあるまいと高円寺は無理やり自身の胸に芽生えた『心配』としかいえない感情に蓋《ふた》をすると、納にこそりと、今日、自分がしようとしていることを囁《ささや》いた。

「なんですって？　森脇《もりわき》議員？」

情報屋のミトモは納もよく知っており、信頼していたので、彼の情報だと言うと納は目を輝かせた。騙《だま》すようで申し訳ないとは思ったが、高円寺はミトモの『純愛』――昔の男、三上《みかみ》を庇《かば》って嘘のアリバイを主張したこと――は明かさず、森脇の息子が疑わしいという話だけ聞かせ、

「そういうわけだから、俺はちょっとソッチを聞き込んでくる」

あとはよろしく言っておいてくれ、とフォローを頼んだのだが、納は「自分も行きます」と言って高円寺を驚かせたのだった。

「行くのはいいが、課長に見つかりゃ厳罰モンだぜ」

送検の決まっている事件の捜査をするような余裕は、新宿西署《しんじゅくにししょ》の刑事課には勿論《もちろん》なかった。常に人手不足が嘆かれる中、二人の刑事がそんな『終わった』事件に駆けずり回っていることが知れたら、逆鱗《げきりん》は免れないどころか懲罰ものかもしれない。

「いえ、自分も絶対に三上は犯人じゃないと思うんです。起訴があれだけ急がれるのも気になります」

「俺は睨《にら》まれまくってるからいいけどよ、サメちゃんはノーマークなんだから、無茶すること

ねえぜ」

「ここで引いたら新宿サメの名が泣きます」

高円寺の顔を覗き込み、にっと笑いかけてきた納に、

「新宿熊がよく言うぜ」

高円寺は悪態をつきながらも、頼もしい後輩の嬉《うれ》しい言葉に相好《そうごう》を崩《くず》し、バンと力強く彼の背を叩《たた》いて喜びを表した。

二人してこっそりと署を出たあと、納は中央公園周辺の聞き込みを、高円寺は森脇修一《しゅういち》の周辺の聞き込みをそれぞれ受け持ち、昼過ぎに新宿中央公園で落ち合うことにした。

「相手は大物すぎますからね。あまり無茶しないように」

「サメちゃんに言われたくないわなあ」

普段猪突猛進の捜査をする納に、彼以上に『猪突猛進』を地でいく高円寺は手を振り、森脇修一が通っている「お坊ちゃん大学」と評判の武蔵野《むさしの》にあるS大学へと乗り込むことにした。

だが修一は最近はほとんど大学には顔を出していないことがわかり、数名の自称友人たちからはどうということもない話しか聞くことができなかった高円寺は、リスクが高いかと思いつつ、初台《はつだい》にある森脇の自宅近辺へと向かった。

森脇修一は家族と同居しており、大物代議士の森脇家の近所の人々の注目を集めていたが、噂《うわさ》好きの主婦たちに修一の評判を聞くと、皆口を揃《そろ》えて、「お父さんは立派なのに」と眉《まゆ》を顰《ひそ》

めるのだった。

子供が修一の同級生だったという主婦の一人は、子供時代からの修一の『悪行』をつぶさに高円寺に話してくれた。親の威光を笠《かさ》に着て、やりたい放題だったという。

「酒や煙草《たばこ》なんて可愛《かわい》いもんでしたよ。喧嘩《けんか》して相手にいくら怪我《けが》させてもお父さんが出てきて揉《も》み消しちゃう」

『揉み消された』ことの中には、近所の女子高生への強姦《ごうかん》事件まであったらしいと教えてくれた主婦に、

「男の趣味はなかったんでしょうか?」

と高円寺は尋ねたのだが、わからない、と首を横に振られた。

高校時代はバイク、十八になってからは親が買い与えた白いBMWで遊び回っているという話もその主婦は教えてくれた。

「白のBMW《ビーエム》ですか」

「ええ。あの、屋根がないやつ。なんていうの?」

「コンバーチブルでしょうかね」

「それ。もう、夜中に奇声を上げて走り回るものだからうるさいのなんの」

なんとかしてほしいわよ、と顔を顰《しか》めた主婦だが、ふと思いついたように、

「そういや最近見ないわね」

と言ったのが高円寺の頭に残った。

主婦に話を聞き終えた時点で十一時半を回ろうとしていたので、高円寺は初台を引き揚げ、新宿の中央公園へと向かった。

「ああ、高円寺さん、面白い話を聞きました」

時間に正確な納は既に公園の前で待っていて、高円寺にその『面白い話』を聞かせてくれた。

「事件のあった夜、それもちょうど午前二時頃、この近所で事故、というほどじゃありませんが、ガードレールをぶっ壊して逃げていった白い車があるというんですよ」

「白い車？」

まさか、と高円寺は今聞いてきたばかりの森脇の車の話を納に聞かせた。

「偶然でしょうかね」

納は興味深げに頷《うなず》きながら、この辺りを縄張りにしているホームレスに聞いたというその『事故』の詳しい話を始めた。

「物凄《ものすご》い勢いで公園から走り出してきた男が、白い車に乗り込み急発進させたらしいんですが、すぐ前の、ほら、あの辺です。ガードレールに車の前をぶつけて、そのまま走り去ったっていう。あそこ、ひん曲がってるでしょう」

「本当だ」

納と高円寺は、白い車がぶつかったというガードレールのところまで足を進めた。

「こりゃひでえな」

「車もだいぶ傷ついたでしょうね」

「……最近修一は自慢の白いBMWを乗り回してねえそうだ。修理にでも出しやがったか」

「当たってみる価値はありますね」

うん、と互いに頷き合った二人は、念のため近所の交番に事故の届けが出ているかを確認したが、予想どおり届け出た者はいなかった。納が話を聞いたホームレスも、車のナンバーどころか車種さえ覚えておらず、「色は白だったと思う」という頼りない証言であったが、これが何かの突破口になるかと、高円寺は納を連れて再び初台の森脇代議士の自宅近辺へと引き返し、森脇修一が車を買ったディーラーや、修理に出しそうな工場の聞き込みを始めた。

森脇家には車が三台あり——国産が一台、外車が二台である——車検はそれぞれのディーラーではなく、古くからの馴染《なじ》みの自動車工場、三田《みた》モータースがやっていることがわかった。国分寺《こくぶんじ》にあるその自動車工場には高円寺が一人で話を聞きに行くことにした。歌舞伎町《かぶきちょう》で殺傷事件があったと納の携帯に署から電話が入ったからである。納のほうに先に連絡があったので、高円寺は自分の携帯の電源を切り、当然かかってくるべき電話をシャットアウトすると、

「悪いがよろしく言っといてくれ」

と納に片手を挙げ、都下の工場を目指した。

三田モータースは思いのほか小さな工場で、働いているのは経営者と思われる三田正治《まさはる》と、

若い社員一人だけだった。高円寺が警察手帳を見せると、

「何か？」

と既に老人の域に達している三田は心底驚いたように目を見開いた。

「森脇修一さんの車の件で」

「森脇さんちの坊ちゃんの？」

ここで初めて三田の顔が一瞬曇《くも》ったのを高円寺は見逃さなかった。

「ええ。彼は白いＢＭＷに乗っているそうですが、その車、最近修理に出されませんでしたかね」

「修理と申しますか……」

三田は困ったな、という顔になったが、やがて隠してもおけないと思ったようで、おどおどした目で高円寺を見ながら、

「廃車にしました」

と彼を驚かせることを言ってきた。

「廃車？」

「ええ、ドアを擦《こす》ってしまった。カッコワルイからもう乗りたくないと……バンパーとドアがちょっと凹《へこ》んでたのと、ドアのところに白い——あれはガードレールか何かでしょうかね、擦ったところにペンキがついてましてね、このくらい簡単に直ると申し上げたんですが、すぐ廃

車にしろの一点張りで」

勿体《もったい》ないと思ったんですがねえ、という三田に、高円寺は思わず、

「それで、その車は？」

と聞いてしまったのだが、三田は修一の剣幕に押されそれこそ即廃車にしたのでここにはない、と申し訳なさそうに頭を下げた。

「人を轢《ひ》いたようには見えなかったんですよ。本当にガードレールに擦ったくらいにしか……だから坊ちゃんのおっしゃるとおり廃車にしたんですが、もしや……」

「……いや、ありがとうございます」

轢き殺したのではない、絞め殺したのだと、喉《のど》まで出かかった言葉を高円寺は呑《の》み込むと、三田に礼を言い工場を辞した。

「…………」

早い——この対応の早さはやはり、何か後ろ暗いところがあるとしか思えない、と高円寺は上りの中央線に揺られながら——覆面は納が乗って帰ったのである——確信を深めた。

修一が相当エキセントリックな性格であることは、今日一日だけの聞き込みでも充分わかったが、それにしてもバンパーとドアが多少凹んだくらいで即廃車とは、不自然極まりないと思えて仕方がなかった。

その上、その車にはガードレールから付着したらしいペンキがついていたという。事件の夜、

新宿中央公園から逃げ出した白い車の正体は、修一の車に違いないとドアのところに佇《たたず》み、流れる車窓の風景を眺めていた高円寺は、まだ見ぬ森脇修一の——どうしようもない不良の上、覚醒剤《かくせいざい》を餌《えさ》に若い男を漁《あさ》り、セックスの最中首を絞めるという男の姿を思い描いた。

父親の森脇代議士のことは、時々メディアに登場するので高円寺もよく顔を知っていた。その一人息子が誤って人を殺したとなると、代議士が出張ってくるということはあまりに容易に想像ができた。噂では暴力団とのかかわりもあるということだったので、マル暴にでも情報を集めに行ってくるかと思ったとき、そういえば携帯を切りっぱなしにしていたのだったと高円寺は気づいた。

さすがに何時間も行方不明はまずかろうと電源を入れる。途端に携帯が着信に震えたのに驚いた高円寺は、ディスプレイに浮かぶ人の名があまりに意外であったことにまた驚き、電車がちょうど吉祥寺《きちじょうじ》に到着したこともありそのままホームへと降り立った。

「もしもし」

『ああ、すみません。今、大丈夫ですか』

電話をかけてきたのはなんと、昨夜ミトモの店で顔を合わせた中津《なかつ》の恋人、ルポライターの藤原龍門《ふじわらりゅうもん》だった。

「大丈夫だが、どうした？　りゅーもんが電話くれるなんて珍しいじゃねえか」

『昨日の話……あの、ミトモさんの言ってた、森脇代議士の息子の話で、気になるネタを仕入れたもんで、お知らせしておこうと思いまして』

「そりゃありがてえ。今、お前どこにいる?」

『S大学です』

藤原のいる場所は高円寺の降り立った駅のすぐ近くであった。

「偶然だな。俺は今、吉祥寺駅だ」

『もしかして高円寺さんもS大学に?』

藤原の声のトーンが下がる。既に高円寺の知っている情報ではないかと思ったらしい彼に、

「別件だ」

と高円寺は笑い、駅前の喫茶店で会おうと藤原を誘った。しかし藤原は南口の、井《い》の頭《がしら》公園近くの店を指定し、

『すぐ行きます』

と電話を切った。高円寺は藤原の指定した店に着いてみて苦笑した。露店に毛の生えたような店では焼き鳥とビールで早くも人々が乾杯していたからである。

「お疲れさまです」

「りゅーもん、あんたも好きねえ」

「ここの焼き鳥がまた、旨《うま》いんですよ」

まだ陽は高かったが二人してビールで乾杯し、焼き鳥の盛り合わせを頼んだあとは、額を突

き合わせるようにしてぼそぼそと話を始めた。

「まず最初に、森脇代議士と暴力団の癒着《ゆちゃく》の件ですが、どうやら三東会《さんとうかい》に間違いなさそうです。若頭の藤枝《ふじえだ》がべったり森脇に張りついてます」

「藤枝か……」

高円寺は三東会の事務所で会った藤枝の顔を苦々しく思い浮かべた。やたらと堂に入った物腰は一筋縄ではいかないであろうとは思わせたが、まさか彼が森脇代議士本人と通じているとまでは見切れなかった、と高円寺は己の眼力の甘さに舌打ちし、一気にビールのジョッキを空けた。

「その三東会なんですが、近々予定されてる菱沼組《ひしぬまぐみ》組長の跡目相続を機に、一気に勢力を拡大しようと狙って、今、資金集めに精を出してるらしいんですよ。今まではヤクザの沽券《こけん》にかかわると手を出さないでいた覚醒剤もシノギに使うようになったっていうんですが、藤枝が若頭に伸《の》し上がってきたのもこの覚醒剤のおかげだそうで」

「金のある奴が強いってわけだな」

「まあ、そんなとこです。純度の低い劣悪なシャブを安価で大量に捌《さば》く。渋谷《しぶや》あたりで若者相手に出回ってるシャブの三割くらいは、三東会がらみという噂もあります」

「シャブか……森脇の息子がシャブを餌に若い男を食わえ込んでると昨日ミトモが言ってたな」

そこで繋《つな》がるのか、と頷いた高円寺に、「そうなんですよ」と藤原も頷き、店の者に手を挙げて二人分のジョッキを頼んだ。

「……あと、これはどこまで信憑性《しんぴょうせい》があるかわからない、単なる噂なんですがね」

運ばれてきたビールで再び乾杯をしたあと、藤原は更に声を潜め、高円寺のほうへと身を乗り出してきた。

「なんだよ」

「森脇代議士と新宿西署の田野倉《たのくら》署長、これが慶應《けいおう》ラグビー部の先輩後輩で、二人の間には『固い絆《きずな》』があるというんですよ」

「なんだって？」

いきなり自分の所属する組織の長の名が出たことに高円寺は驚いたが、ない話ではないな、と腕を組みつつ頷いた。

「息子の修一、あれが手のつけられない馬鹿息子らしく、今までも警察沙汰《ざた》になりそうな騒ぎを起こしてきたのを、田野倉署長が揉み消してたらしいです」

「そういや近所の主婦が、強姦事件があったと言ってたな」

ううん、と唸《うな》った高円寺に藤原は、

「今までは少年法が適用される年齢でしたが、先月修一は二十一歳になりましたしね。とはいえさすがに殺人ともなると田野倉署長も庇い立てはしないんじゃないかと思わないでもないですが」

真っ当ともいえる意見を述べたのだが、高円寺は、いいや、と首を横に振った。

「あり得るな。今回は捜査本部も結局立てずじまいだったし、課長はやたらと送検を急いでやがるしな。上からの圧力があったとしか思えねえよ」

「……それが本当なら、特ダネものなんですがね」

にやりと笑った藤原に、高円寺もにやりと笑い返した。

「まだ書くなよ」

「書きませんよ。裏づけが足りませんからね」

「やっぱり書く気か」

あはは、と笑った高円寺がジョッキを一気に空ける。

「かまわねえけどよ。報道の自由だ」

「冗談ですよ」

藤原も笑ってジョッキを空けた。

「ジョークになんかすることねえぜ。おめえが額に汗して調べまくってるのは、記事を書きたいからじゃねえってことくらい、皆わかってるからよ」

「高円寺さん……」

藤原は驚いたように目を見開き——やがてなんともいえない照れた笑顔を浮かべると、

「どうも」

と高円寺の前でぺこりと頭を下げた。

「なんでぇ」

改まって、と笑いながら高円寺が店の人間に、「ここ、生二杯追加」と大声を出す。

「お待ちどう」

威勢のいい店の主人が生のジョッキを持ってきたのに、また乾杯、とグラスを合わせたあと、藤原が高円寺に笑いかけた。

「兄貴と呼んでもいいですか」

「いいわけねえだろ、阿呆」

藤原が己の時間を割いていろいろと調べ回ったのは、すべてミトモのためだと――彼の『純愛』のためだということはわかっている、と言った高円寺に対し、藤原は酷《ひど》く感銘を受けたらしい。

「呼ばせてくださいよ、兄貴」

「おめえのような弟はいらねえ」

半ばふざけ、半ば本気で『兄貴』を連呼する藤原に、よしやがれと高円寺が、わざと嫌がってみせる、そんなやりとりをひとしきりしたあと、藤原はまた真面目《まじめ》な顔に戻ると、

「もうひとつ、気になるネタを聞いてきたんです」

と高円寺の前で手帳を開いた。

「なに？」

「一人息子の修一、今S大学の三年なんですが、ほとんど大学には通ってないらしいんですよ。このままじゃ四年にも上がれないだろうといわれてるんですが、なんと昨日、休学届を母親が出しに来たそうで」

「休学届だと？」

自分も大学に聞き込みに行ったがそんな話は聞けなかったと悔しがる高円寺に藤原は、

「運良く庶務課の事務員を摑《つか》まえることができたんですよ」

と、己の手柄を照れたように笑って教えた。

「さすがりゅーもん、女にも手が早いぜ」

「女にも男にも手は遅いですが、それよりその休学の理由が、アメリカに留学するかららしいんですよ」

「なんだと？」

国外脱出か——しまった、と高円寺は立ち上がり、こうしてはいられないとその場を駆け出そうとしたのだが、

「ま、待ってください」

慌てた藤原に腕を摑まれ、「あ？」と彼を振り返った。

「学生ビザを取ると言ってたらしいですから、今日明日出発ということはないんじゃないかと……ビザがなければ三ヵ月しかいられないですしね」

「ほとぼりを冷ますには充分だろう。くそ、奴が国外に出る前になんとか証拠を押さえたいもんだぜ」

どさ、と椅子に座り直した高円寺は、ううん、とまた腕を組み、何か突破口はないかと考え始めた。

どうみても森脇修一はクロだ。車を即廃車にしたことしかり、ここにきての慌ただしい海外留学しかり——だが疑わしいというだけで、ひとつとして彼の犯行だと裏づける証拠がないということが高円寺を苛立《いらだ》たせていた。

そう——自分の犯行だと自首してきた三上が、事件現場に居合わせたという証拠がないのと同様、修一にもあの夜あの場にいたという証拠は今のところ何ひとつない。

目撃証言も取れない、乗ってきたと思われる車は既に処分されている——だからこそ『身代わり』自首を思いついたのだろうが、それをどうやって証明すればいいのかといくら頭を絞っても、いい考えは浮かばなかった。

「……俺も修一の周辺、もう少し当たってみます。留学の時期がわかったらまたお知らせしますんで」

じっと考え込んでいた高円寺を、藤原が真摯《しんし》な眼差《まなざ》しで見つめながら静かにそう告げる。

「おう、助かるぜ」

「兄貴のためですから」

にや、と笑った藤原に、

「兄貴はよせっつーんだよ」

中津に言いつけるぞ、と高円寺は笑って彼の肩を叩き、残りのビールを一気に呷《あお》った。


結局藤原と話しているうちに、就業時間とされている時間が過ぎた高円寺は、今日はこのまま帰ることにした。新宿で中央線を降りると、山手線《やまのて》に乗り換え、アパートのある高田馬場駅へと降り立つ。家への道を歩きながら高円寺はようやくポケットから携帯を取り出し、開いてみた。

何度となく着信に震えてはいたが、どうせ呼び戻されるだけだろうと知らん顔を決め込んでいたのだ。着信履歴を見た高円寺は、『非通知』の着信が二十件以上あることに思わず苦笑してしまった。署内からの電話は『非通知』になる。これは明日、さぞ絞られるだろうと思いつつ、電話を閉じかけたとき、また彼の携帯が着信に震えた。ディスプレイに映る携帯番号には見覚えがある。

「はい、高円寺」

応答に出たのには理由があった。ひとつはこれ以上無視を決め込むことで、明日、やろうとしている森脇修一の捜査がますますやりにくくなるのではと恐れたためであり、もうひとつは——。

『一体何をしていたのです』

電話越しに、これ以上はないというほど苛立っている凜《りん》と響く声がする。

そう——かけてきた相手が遠宮課長であったから、高円寺は応対に出ることにしたのだった。

ホテルで抱けと命じた美貌《びぼう》の上司——普段、シャツの一番上のボタンまできっちりと留めている、一糸の乱れもない服装はストイックにすら見えるのに、奔放《ほんぽう》に服を脱ぎ捨て、高円寺の愛撫《あいぶ》に全身で身悶《みもだ》え、高い嬌声《きょうせい》を上げ続けていた淫蕩《いんとう》な白い裸体の持ち主が、何を考えているのか、聞いてみたいと思ったからである。

「何って、捜査だが」

『なんの捜査です』

「それよりよ、聞きてえことがあるんだが」

『質問に答えなさい。なんの捜査をしているんです』

電話の向こうの声が高くなるにつれ、高円寺の背をむず痒《がゆ》いような何かが這《は》い上ってゆく。

まさか女王の怒声に感じているわけでもあるまいと苦笑しつつ、高円寺は持ち前のがらがら声を張り上げ、電話に向かって叫んだ。

「身体はキツくねえのか？　いつホテルから帰ったんだ？」

『……っ』

電話の向こうで遠宮が小さく息を呑んだ気配がした。いきなり昨夜の話を蒸し返されるとは思っていなかったらしい。

「ずっと聞きてえと思ってたんだよ。あの宿直室でのことといい、昨夜のことといい、あんた、一体どういうつもりで俺に抱かれたんだ？」

『今はそんなことを問題にしていません。あなたがなんの捜査をしているか……』

だが遠宮の動揺は一瞬にして去ったようで、再び厳しい口調で言及してきた彼の言葉を遮《さえぎ》り、高円寺が、

「『そんなこと』じゃねえだろうよ」

とがらがら声を張り上げたとき、背後になんともいえない危機感を覚え、電話を握ったまま後ろを振り返った。

「……っ」

いつの間にかエンジン音を抑えたのろい速度で車が近づいていた、と気づいたのと、振り返った高円寺をその車が上向きにしたヘッドライトで照らし出してきたのが同時だった。

『もしもしっ？』

まぶしさに目を細めた高円寺の耳に、ヒステリックな課長の声が響いていたが、応答する余裕はなかった。わずか五メートルほどの距離にまで近づいてきていた車が、いきなりエンジン音を張り上げ、高円寺に向かって疾走してきたからである。

「なんだってえんだ」

殺気——動物並みの勘だといわれる高円寺が最初に感じた『危機感』こそ、この殺気に違いなかった。

ただただ彼を轢くために向かってくる車を前に、高円寺は驚きの声を上げたが、彼の行動は素早かった。動物並みであるのは勘だけではなく、反射神経もだということを示すように、携帯を握ったまま高円寺は車を避けるべく、自ら路肩へと飛んだ。

『もしもし？　どうした、高円寺？』

電話の向こうにもただならぬこの状況の雰囲気は充分伝わっているようで、高円寺の手の中にある携帯のスピーカーからは遠宮らしくない戸惑った声が響いていたが、それにも高円寺は答えてやることはできなかった。轢き損ねたのを悔しがるようにタイヤを鳴らした車が、バックで真っ直ぐに彼へと向かってきたからである。

「冗談じゃねえぜ」

慌てて高円寺は今度は道の反対側へと飛び退《の》いた。明日は粗大ごみの収集日らしく、大型の洗濯機やらテレビやらが置かれているところに頭から突っ込んでしまい、ガシャンという物凄い音が路上に響き渡った。

「……痛《つう》……」

ちょうど額を洗濯機の角にぶつけてしまった高円寺は、しびれるような痛みに一瞬蹲《うずくま》った。が、走る凶器と化した車は容赦なく、三度《みたび》彼に向かって突っ込んできたものだから、高円寺は逃げ場を失い咄嗟《とっさ》の判断でその辺りに落ちていたテレビに足をかけて洗濯機を足がかりに、勢いをつけてブロック塀の上へと逃れた。

「誰っ？　さっきから誰なのっ」

高円寺が這い上った塀は三階建てのマンションのもので、一人がガラガラと窓を開けて叫んだと同時に、パッパッと次々と部屋の明かりが灯《とも》り、住民たちが窓から顔を覗かせ始めた。

「きゃーっ」

塀の上にいる高円寺の姿に気づいた女性が、泥棒か何かと勘違いしたようで大きな悲鳴を上げた。その声に車の主はこれから起こり得る大騒ぎを予測し、高円寺への攻撃を諦めてくれたようだった。

「泥棒っ！　泥棒よっ」

「一一〇番しろっ」

「かけたわ！」

「私も今、かけたわっ」

マンション中の人間が自分に注目しているのに、高円寺は照れたように頭をかく。遠ざかって行く車のナンバーを見逃す彼ではないが、相手も刑事を轢き殺そうとするだけのことはあり、ナンバープレートは泥のようなものですべて覆われていて、ひとつの数字も読み取ることはできなかった。

やがてパトカーが近づいてくる音がする。いつの間にか携帯を落としていた彼は、しまったなと塀から下りると辺りを探し、開いたままになっている電話を拾い上げた。

「もしもし」

『……一体どうした』

まだ繋がっていたことに驚きを感じつつ、高円寺が電話の向こうに声をかけると、遠宮がそれまでの怒声とは打って変わった、静かな声で問いかけてきた。

「…………」

声がする直前、まるで安堵《あんど》を表すかのような溜《た》め息の音が聞こえたと思ったのは高円寺の錯覚だったのか――次第に近づいてくるパトカーの音を背に高円寺は簡単に、今、車に轢かれかけたことを説明し、あとで電話すると言って携帯を切った。

停車したパトカーから降り立った警官に向け警察手帳を示すと、高円寺は事情を説明し、車の特徴を――大型のセダンで色は濃紺、ということしかわからなかったが――警官に述べた。

「ナンバープレートは泥で塗られていた」

「……わかりました。至急手配しましょう」

高円寺の言った車は、高円寺を轢こうとした現場のすぐ近くで見つかったが、中はもぬけの空の上に盗難車であることがわかった。

「高円寺警部補を狙《ねら》っての犯行でしょうかねえ」

「さあな」

所轄の警官の問いに一応首は傾《かし》げてみせたが、高円寺はあれが己を狙っての犯行であることを疑っていなかった。

早い――早すぎるほど早いこの対処は、車を廃車にし、海外へ高飛びする男のそれと同じではないだろうか。

やはり睨んだとおり、森脇修一はクロに違いない――高円寺の中ではその考えが既に確信となっていた。

明日の朝、遠宮にこれまで調べたことを報告し、送検を取り下げてもらおうと拳《こぶし》を握り締めた彼だったが、まさにその翌朝、まるで予想もつかぬ対応をその遠宮からされることになるなど、知る由もなかった。

7

翌朝、出署した高円寺は、自分が申し出るまでもなく、新宿中央公園の大学生絞殺事件は再捜査が始まるものだと思っていたが、既に三上が送検されたと知り、遠宮に怒鳴り込んだ。

「どういうことだ？」

「どういうこともこういうこともない。できるだけ早いタイミングで送検すると言っていたはずですが」

話があると遠宮を会議室に呼び出し、高円寺は彼を激しく問い詰めた。

「三上は身代わりだ！　なんでそれがわからねえんだ」

昨夜のうちに納から、昨日の自分たちの捜査で知り得た事実を遠宮に報告したと連絡を受けていた。捜査本部を立ててもらうためであったのだが、遠宮は納に『事前に上司には相談しろ』という簡単な注意を施《ほどこ》したきり、この件については何も言及しなかったという。まさかと案じないでもなかったが、昨夜自分が襲われる一部始終を電話越しに聞いた遠宮が、三上をそのまま送検するとは高円寺にはとても思えなかったのである。

「何度も言うように『身代わり』というのは高円寺さんの主観にすぎないでしょう。供述には少しの矛盾もない。彼が犯人ではないという証拠もひとつもない。それで送検をやめろとは無理な話です」

「じゃあ俺が昨日、轢き殺されかけたのはどうしてだっていうんだ？　森脇代議士の息子の周辺を洗い始めた途端に襲われたアレはどう説明するっていうんだよ」

「それこそなんの証拠もない」

きっぱりと言い切った遠宮に、高円寺は思わず、

「何を？」

と凄みを利かせた目を向けてしまったのだが、遠宮が怯《ひる》むことはなかった。

「本当にあなたを轢き殺そうとしたのか、単なる脅しだったのか、それはわかりませんが、あれこそ森脇代議士がかかわっているという証拠は何ひとつないじゃありませんか」

「単なる偶然だとでも言うのかよ？　あまりにタイミングがよすぎるとは思わねえのか」

「ですから確たる証拠がないと言ってるんです」

凛と響く、美声としかいいようのない遠宮の声に応酬する言葉を持ち得ぬ高円寺はぎりぎりと唇を嚙《か》み締め、目の前で白皙《はくせき》の頰《ほお》を珍しくも紅潮させている美貌の上司を睨みつけた。

「……三上が身代わりだという確たる証拠が――または、あの事件があなたの言うよう、森脇代議士の息子が犯人だという確たる証拠が出てこない限り、我々としては三上を犯人と断定する以外ないじゃありませんか」

「……田野倉署長から、申し渡しでもあったのかよ」

高円寺の頭には、昨日藤原から聞いた田野倉署長と森脇代議士の間に癒着があるやもしれぬという話が浮かんでいた。常にくどいくらいの後追い捜査を命じる遠宮にしては、今回はあまりにあっさり捜査を切り上げすぎだった。送検を急いでいるようにしか見えない。上からの圧力が働いたと考えるのが妥当だと高円寺は思ったのである。

「ええ。署長からはどの事件に関しても、スピード解決を心がけろと言われています」

「……特にこの事件は、じゃねえのか?」

確認したところで否定されるに決まっていることは、高円寺にもわかっていた。が、憤懣《ふんまん》やる方ない胸の内を、仮面のように表情を動かさぬこの美貌の男にぶつけずにはいられなかった。

「田野倉署長と森脇代議士は大学の体育会ラグビー部の先輩後輩の間柄だそうじゃねえか。森脇から署長に泣きが入ったんじゃねえのか？　穏便に揉み消せとでも言ってよう」

「根も葉もないことをそんな大声でがなり立てるほど、あなたに常識がないとは思いませんでした」

高円寺の怒声に対し、どこまでも落ち着いた声で遠宮はそう言うと、話は終わりだとばかりに部屋を出ようとした。

「待てよっ」

踵《きびす》を返した遠宮の腕を高円寺は反射的に摑んだのだが、細い腕の感触に一瞬彼の白い裸体が脳裏に蘇《よみがえ》ったのに微《かす》かに動揺してしまった。

「……………」

一瞬の逡巡《しゅんじゅん》を見抜いたわけではないだろうが、遠宮は肩越しに無言でじっと高円寺を見上げると、己の唇を紅《あか》い舌で舐《な》めた。

「……あのなあ」

舌先の思わぬ紅さが、高円寺にますます己の突き上げに乱れまくる遠宮の姿を思い起こさせる。が、今はそんな場合ではないとすぐに自身を律すると、高円寺は再び遠宮の細い腕を摑み直し、

「逃げる気か」

と彼を睨みつけた。

「逃げるもなにも、これ以上話すことはない。捜査は終わりだ」

「終わりなもんか！　俺は一人でもやるぜっ」

思わず怒鳴った高円寺を遠宮は暫《しばら》く無言で見つめていたが、それは彼の声の大きさに驚いたというわけでも、勿論怯んだというわけでもなさそうだった。物言いたげな瞳《ひとみ》が次第に潤んでくるのを目の当たりにした高円寺は、自分が激昂《げっこう》しているのも忘れ、暫《しば》し遠宮の瞳の煌《きらめ》きに逆に見入ってしまった。それまで高円寺が意識すらしていなかった、壁掛けの時計の音がやたらと大きく室内に響き渡る。互いに口を開かず、じっと目を見つめ合ううちに、どのくらいの時

が経《た》ったのか――それに改めて高円寺が気づくのは、目の前の遠宮がようやく閉ざしていた口を開き、掠《かす》れた声で問いかけてきた、その言葉を聞いたときだった。

「なぜだ」

「なぜ？」

ようやく二人の間で時が動き出す。何をぼんやりとしていたのだろうと高円寺は自身に首を傾げながらも、遠宮が何を問いかけてきたのかわからず、そのまま彼の言葉を鸚鵡《おうむ》返しにした。

「……なぜ、そんなにあの事件にかかわりたがるんだ」

「……あたりめえだろう」

その『なぜ』かと高円寺は納得すると同時に大きな声を出していた。犯人でもない男を逮捕、起訴していいわけがないという、あまりに自明のことを聞いてきた遠宮に対し、呆《あき》れさえしてしまった高円寺だったが、遠宮のリアクションは高円寺の首を再び傾げさせるものだった。

「あの情報屋のためか」

「ああ？」

遠宮の瞳が細まり、口元がまるで汚らわしい言葉を口にするかのように歪《ゆが》んでいる。今までどんなに高円寺が激昂したときでも、相対する遠宮は、いやらしいくらいに冷静さを保ち、冷笑としか見えぬ微笑を湛《たた》えていることが多かっただけに、思いもかけない感情の発露を彼の歪んだ顔に見出し、高円寺はどうしたことかと思わず眉を顰めた。

「あのミトモとかいうオカマのためかと聞いてるんだ」

「あんた、何言ってるんだ？」

普段『あんた』呼ばわりなどしようものなら、「上司に向かってその口の利き方は感心できませんね」などと嫌味のひとつ——どころか十や二十は並べ立てる遠宮なのだが、今、彼は高円寺の不躾《ぶしつけ》な呼びかけには気づいてもいないようだった。

「だからあなたがそんなにこの事件に執着するのは、あのミトモとかいうオカマに頼まれたからかと聞いてるんだ」

「ミトモは関係ねえだろ。三上はどう考えても身代わりだ。それに目を瞑《つぶ》って起訴するあんたのほうがおかしいぜ」

「上層部からの指示だ。従わないわけにはいかないだろう」

「あんたは上層部が死ねと言ったら死ぬとでもいうのかよ？　おかしいもんはおかしいだろう？　無実の人間をぶち込んで、殺人者を野放しにする、そんなことが許されるわけねえだろ」

「おかしいのはあなただ！　命まで狙われたんだぞ？　あんな事件に自分の命をかけること自体信じられない」

「『あんな事件』って言い方はねえだろ。事件に大きいも小せえもねえだろうがよ」

「大きい小さいじゃない。あなたはあのオカマのために命を落とすのかと言ってるんだ」

「だからなんでミトモが関係してくるんだよ」

馬鹿じゃねえか、と怒鳴りつけた高円寺を前に、遠宮はいったん口を閉ざした。出し慣れぬ叫び声にすっかり彼の頬は紅潮し、華奢《きゃしゃ》にも見える肩が荒い息遣いに大きく上下している。

綺麗《きれい》だな――怒鳴り合っている相手に対する感想とは思えぬ言葉が高円寺の胸に一瞬浮かんだ。いつもの取り澄ました、仮面のように表情が動かぬ顔も勿論滅多に見ぬほどに端整なのであるが、感情を露《あらわ》にした遠宮の顔は、筆舌に尽くしがたい美しさを宿していた。

圧倒されるほどの美貌――美しいという概念がこれほどまでに己に能動的に働きかけてくるという事実に、高円寺は正直戸惑っていた。今まで遠宮の顔は端整だとは思っていたが、印象的な顔であるという認識がまったくなかったからである。

心臓を鷲《わし》掴みにされたかのような衝撃を覚えている自分が信じられないと高円寺は己を取り戻すために軽く頭を振ると、遠宮の潤んだ瞳に向かい、吐き捨てるような口調でこう言った。

「俺は犯人を逮捕する。それだけだ」

「誰も犯人逮捕など望んでいない」

遠宮の唇が微かに開いたかと思うと、まるで普段の彼とは違う、しゃがれた老人のような声がそこから響いてきた。

「望む望まねえの問題じゃねえんだよ。真実はひとつ、そういうこった」

遠宮がこのまま泣き出すのではないかと案じている自分に気づき、それに酷く落ち着かなくなっている自身が嫌になった。

こうなったらさっさと退場するまでだと高円寺はドアの前に立っていた遠宮の身体を押し退け部屋を出ようとしたのだが、一瞬早く伸びてきた遠宮の手に腕を摑まれ、肩越しに彼を振り返った。

「……命を粗末にすることはないと言ってるんだ。よく言うだろう？　長いものには巻かれろ——いいじゃないか。事件はもう解決したんだ」

取り縋《すが》るような瞳でじっと己を見上げる遠宮は、やはり泣き出しそうな顔をしていた。どきり、と高円寺の胸が不自然なほどに高鳴る。速まり始めた胸の鼓動に動揺したこともあり、高円寺は遠宮の腕を振り払うと大声で啖呵《たんか》を切っていた。

「長えものには巻かれろだ？　ふざけるなっ。こちとら昔から蛇《へび》でもうどんでも長えものは大嫌えだっ」

「高円寺！」

再び腕を取ろうとする遠宮の手を撥《は》ねつけ、高円寺は己の名を呼ぶ声を背に会議室を飛び出した。署内にいれば今度は署長あたりから呼び出されるかと思い、どこへ行こうかとも考えずにそのまま署を出、覆面パトカーへと向かう。

「……まったくふざけやがって」

何が『長いものには巻かれろ』だと高円寺は舌打ちすると、苛立つ気持ちのままの乱暴な運転で車を発進させた。

無線も切り、車内では禁止されている煙草を銜《くわ》えて火をつける。

「…………」

渋滞のない青梅《おうめ》街道を西へと下っていくうちに、高円寺の憤《いきどお》っていた気持ちは随分と落ち着いてきた。杉並区《すぎなみく》に入った表示を見た高円寺は、せっかくだからこのまま西に向かい、監察医の栖原《すはら》を訪ねてみるかと思いついた。解剖所見をちらと見たきりであることを思い出したからである。

栖原という監察医は整いすぎた容貌と腰まである見事な黒髪故に『名物』といわれているわけではなかった。彼の鑑定が完璧であることは勿論、時に刑事顔負けの慧眼《けいがん》を鑑定をもとに発揮するという力を備えていたからである。

栖原が遺体から何を見出したのか、サシで聞いてみるのも悪くない、と高円寺は行き先を吉祥寺にある彼の医院へと定め軽快なほどのスピードで青梅街道を飛ばしていった。

気持ちが落ち着いてくると、今回の殺人はどう考えても森脇代議士の一人息子、修一の仕業と思えてきた。激昂したあまり遠宮は、上層部が本件を片付けたがっているという内情を暴露してしまった。上層部が——田野倉署長が森脇代議士に泣きつかれたのに違いない。それで三東会の構成員が自首してきたところを見ると、下手したら署長と三東会もなんらかの繋がりがあるのかもしれない——考えれば考えるほど反吐《へど》が出る、と高円寺は煙草を揉み消し、チェーンスモーカーさながらに新しい煙草に火をつけた。

まったく正義はどこへいったのかと思う。高円寺とて自身を『清廉潔白』と思っているわけではないが、それにしても権力を笠に着た者たちが、好き勝手に真実を捻《ね》じ曲げようとしているのを捨て置くほどには彼は汚れてはいなかった。

これでクビになるなら本望だぜ、と息巻きながら車を走らせていた高円寺の脳裏にふと、別れ際、縋るような目を向けてきた遠宮の顔が蘇った。

「……」

遠宮は何をあんなに必死になっていたのだろう、と、怒鳴り合いながらもつい見惚《みと》れてしまった美貌を思い起こしていた高円寺の胸に、なんともいえないもやもやとした思いが芽生えてくる。

ミトモに妙にこだわってみせたり、死んでもいいのか、命を大事にしろと諭してみたり、普段の彼からは想像もできない興奮ぶりだったが、一体彼は何を自分に言いたかったのだろうか。

「……まあ、いいか」

所詮人の気持ち、口で説明されぬ限りはわかるものではないと高円寺は早々に答えを出すのを諦め——この切り替えの早さが彼らしいといえばこれ以上はないほどに彼らしいといえた。刑事にして熟考型ではない彼を、悪友たちは『野生の勘だけで乗り切ってきた男』と揶揄《やゆ》しているのだか評価してるのだかわからない言葉で語るのである——高円寺は思考を事件へと向け、なんとか森脇修一を引っ張る材料が見つからぬものかと考え始めた。

二十分もしないうちに高円寺の乗った車は吉祥寺の『栖原医院』へと到着した。

「邪魔するぜ」

待合室には運良く患者はいなかった。受付をしている看護師も不在らしいのをいいことに、高円寺はずかずかと上がり込むとノックもなしに診察室に踏み入った。

「きゃ」

不在の看護師は栖原医師の膝《ひざ》の上にいた。乱れた白衣の前をかき合わせ、真っ赤な顔をして部屋を駆け出していった看護師の後ろ姿を目で追ったあと、高円寺は、

「この、エロ河童《がっぱ》が」

と、栖原に向かい、にたりと笑った。

「胸が苦しいから診察してほしいと言われただけだよ」

「おめえは患者を膝に乗せて診察すんのかよ」

涼しい顔をして答える栖原には、マズいところを見られたというような照れも気まずさもまるで感じられない。

「乗せることもあるさ。三つの子とかね」

「あの子は三つか。あまり年端もいかねえ子を相手にしてると、淫行《いんこう》でしょっぴかれるぜ」

「十八歳以下のナースがいるならお目にかかりたいもんだ」

あはは、と笑った栖原は先ほどまでキスでもしてたのか、唾液《だえき》に濡れた唇を手の甲で拭《ぬぐ》うと、高円寺を診察用の椅子へと導きながら、見惚れるような微笑を浮かべてみせた。

「珍しいね。高円寺さんがウチに来るなんてさ」

「ああ、ちょっと聞きてえことがあってよ」

「聞きたいこと?」

栖原が美しい瞳を見開いたところで、先ほど部屋を出ていった看護師がコーヒーを淹《い》れて持ってきた。

「ありがとう。小百合《さゆり》ちゃん。今日はもう、帰っていいよ」

パチリと音が出そうな、長い睫《まつげ》を瞬《しばたた》かせるウインクに、『小百合ちゃん』というナースは顔を真っ赤にし、「はい」と聞こえないような声で頷くと、お盆を胸に抱え再び部屋を出ていった。

「なーにが『小百合ちゃん』だよ」

「彼女の名前にまでケチつけるなよ」

どうぞ、と高円寺にコーヒーを勧め、自分も運ばれてきたコーヒーに口をつけた栖原は、

「それで？　何を聞きたいって？」

と早速話を振ってきた。

「ああ、この間の事件なんだけどよ」

「あの新宿中央公園の大学生の絞殺《こうさつ》ね」

ちょっと待っていてくれと栖原はカップをソーサーに戻して立ち上がると、白衣をはためかせながら部屋を出ていったが、ものの五分で戻ってきた。

「解剖所見は一応コピーを残しておくんだが、なに、あの事件、犯人が自首してきたってニュースで言ってたじゃない」

「それがどうやら身代わりくせえのよ」

「身代わり？」

驚いた声を上げた栖原から高円寺は解剖所見のコピーを受け取ると、一枚一枚じっくり捲《めく》って書かれた内容やら写真やらを眺め始めた。

「……こんな若い身空で気の毒だったよねえ。なかなか可愛い顔してたのに」

高円寺の肩越しに栖原も所見を眺め、貼られた写真を見て溜め息をつく。

「なんだよ、センセは男と女、どっちが趣味なんだよ」

軽口を叩きながらも目は真剣に所見を追っていた高円寺の後ろで、栖原が歌うような口調で、

「男でも女でも、可愛い子は大好きさ」

などと言い出したものだから、高円寺は肩越しに彼へと白い目を向けてしまった。

「なによ」

「いや、やっぱりおめえはエロ河童だと思ってよ」

「失敬だねえ」

あはは、と笑った栖原は、やれやれと肩を竦めた高円寺の後ろからまた所見を覗き込んできたのだったが、

「ああ、そうそう」

何を思い出したのか書類を捲る高円寺の手を押さえ、一枚の写真を指差した。

「なんでえ?」

「まだ行為に至る前だったから、犯人の毛髪やら陰毛やら分泌物やらは採取できなかったんだけどさ」

栖原が示したのは被害者のものと思われる手のアップの写真だった。

「首を絞められたときに、無我夢中で暴れまくったんだろうな。この爪の間からヒトの皮膚組織が検出されたんだよ。血液型はA型だったな」

「なんだと? そりゃ本当か」

初耳だ、と大きな声を上げた高円寺に栖原は、

「でも」

と彼を落胆させることを言ってきた。

「報告したら容疑者の——三上だっけ？　彼の血液型もA型だと言われたよ」

「DNA鑑定とかはしなかったのか？」

「ああ。してないな。犯人は自首してきたと聞いたし、血液型がどんぴしゃなら問題ないと思ったからね」

しかし、身代わりか、と栖原は腕を組んでそう呟いたあとデスクの電話を取り上げ、どこかにかけ始めた。

「あ、ユキちゃん？　栖原です」

電話をかけた先は監察医としての彼の助手のようで、栖原は殺された佐藤の爪の間に残されていた皮膚組織のDNA鑑定をするよう指示して電話を切った。

「そういや、三上には引っかき傷はあったのかい？」

「ああ、そうだな」

主に取り調べを担当していた納なら気づいただろうかと、今度は高円寺が自分の携帯を取り出し納の番号を呼び出した。

「お、サメちゃん、ちょっと聞きてえんだけどよ」

すぐ電話に出た納に、皮膚組織のことを伝えたが、納も初耳だと言い高円寺を驚かせた。

「なんだと？　それじゃそのA型の皮膚組織が三上のモンかどうかはわからねえな」

『少なくとも顔には傷がありませんでしたよね？』

納は取り調べに同席した高円寺に確認を取ってきたので高円寺は記憶を手繰《たぐ》ったが、確かに顔には目立つ傷はなかったと納に同意した。

『あと、覚醒剤の使用癖がないか、両腕の袖を捲らせたんですが、腕にも傷はなかったと思います』

「首を絞められたガイシャが暴れて傷をつけるとなると——この季節、肌が露出している部分は、まあ、顔か腕ってことになるよな」

『そうですね。念の為、三上の身体検査させますか？』

「可能なら」

『やってみます』

それじゃ、と納はすぐにでも動き出そうというのか急いだ様子で電話を切り、高円寺もこうしてはいられないと立ち上がった。

もしも森脇の息子にガイシャのつけた引っかき傷があったとしたら、それが突破口になる、と思いついたからである。

「なに？　もう帰るの？」

驚いたように目を見開いた栖原に、「おう、善は急げだからな」と高円寺は笑い、診察室を飛び出した。

た。

「健闘を祈るよ」

栖原の声を背に医院を出た高円寺は覆面に乗り込むと、エンジンをかけ乱暴に車を発進させた。

キキ、とタイヤが路上に擦れて大きな音を立てる。通行人たちが何事かというように急発進する高円寺の車を見たが、それに構う心の余裕が高円寺にはなかった。

森脇修一の身体には果たして被害者の残した引っかき傷はあるのか――それをいかにして確かめるか。その具体的な方法は、何ひとつ高円寺の頭に浮かんでこなかった。当たって砕けろだ、と高円寺は、森脇修一が潜んでいると思われる初台の彼の自宅に向かうことにした。

その『傷』が顔にでも残されているなら、森脇が鳴りを潜めているのもわからない話ではない――うん、と一人大きく頷いてしまっていることに気づき、高円寺は我ながら先走りかと苦笑するとハンドルを握り直し、一路初台を目指した。

下手したらワンブロックすべてが敷地なのではないだろうかと思われる森脇の家の立派な門構えを前に、高円寺は、さて、どうするかとセキュリティ会社の顧客であることを示すその社のステッカーを見上げながら、今更のように修一へのぶつかり方を考え始めた。

「正攻法でいくか」

考えてもいいアイデアはやはりひとつも浮かばず、とりあえずは任意で話を聞こうとインターホンを鳴らしてみる。

『はい』

「すみません、警察です。森脇修一さん、いらっしゃいますか?」

応対に出た中年と思われる女性にそう告げると、

『警察?』

途端に慌てた声になり、『少々お待ちくださいませ』とインターホンは切れた。

それから三分ほどなんの反応もなく、伸び上がって門越しに瀟洒《しょうしゃ》な玄関を眺めていた高円寺がもう一度インターホンを押してみるかと手を伸ばしたとき、かちゃ、と小さく玄関が開き、若い男が顔を覗かせた。

「あの……警察?」

端整といえぬこともない顔をしている彼が、森脇修一らしかった。

「はい。新宿西署です」

「警察が僕になんの用ですか?」

明らかに動揺している男が——修一がドアの隙間から高円寺に問いかけてくる。不健康な顔色をしてはいたが、目立つ傷などはないなと思いつつ、高円寺は、

「ちょっとお話をお伺いしたいんですが、ここ、開けてもらえませんかね」

とがらがら声を張り上げ、門を軽く押した。

「……ああ」

修一はようやくドアから姿を現し、すたすたと歩いてくると門を開けて高円寺を中へと招いた。

「ありがとうございます」

「お話ってなんですか」

寝てでもいたのか、修一の髪は乱れ、着ている長袖のシャツの背はくしゃくしゃになっていた。どうぞ、と玄関先までは入れてくれたが、上がれとは決して言わない彼に、高円寺は何を聞こうかと一瞬頭をめぐらせ、

「先ほど応対に出たのはお母さんですか？」

と、どうでもいいことから聞き始めた。

「いえ、お手伝いさんです。今、家には誰もいません」

「そうですか」

父親である森脇代議士がいないのはラッキーだったと高円寺は思いつつ、まずは様子見だとおどおどと目を泳がせている修一に質問を続けた。

「森脇修一さんですよね？」

「はい」

「新宿中央公園、ご存知ですか？」

高円寺の問いかけに、修一の頬がぴくりと動いた。

「……ええ。そりゃ勿論知ってますが」

落ち着いているように見せようとでもしたのか、わざと揶揄するような口調でそう言った修一の語尾は震えていた。

「一番最近いらしたのはいつです？」

「さあ……」

公園になど滅多に行かない、とぼそぼそと言い始めた修一に、

「四日前の深夜、あなたが公園から飛び出してくるのを見たという人がいるんですけどね」

高円寺はずばりとそう切り出し、修一のリアクションを待った。

「し、知りませんよ。そんな……」

修一は一瞬ぎょっとした顔になったが、すぐに首を横に振り無理やりのように笑って答えた。

彼の頬がぴくぴくと痙攣《けいれん》し続けているのを見た高円寺は、もう少し脅かしてやろうと問いを重ねた。

「飛び出してきて車に乗り込んだはいいが、何を慌てていたのかガードレールに前とドアをぶつけたらしいですね。愛車の白いＢＭＷ、あれ、どうなさったんです？　修理ですか？」

「関係ないでしょう。もう、帰ってもらえませんか？」

不機嫌そうな口調で吐き捨てるように言うものの、彼が動揺しまくっていることは全身が震

えていることからも明らかだった。

「四日前の深夜――新宿中央公園で大学生が絞殺されたと思われる時間の直後なんですけどね」

「知らないと言ってるだろ！　もう、帰ってくれ」

これ以上は耐えられないというように修一は叫ぶと、つっかけていたスニーカーを脱ぎ捨て中へと駆け込もうとした。

「ちょっと待ってください」

その腕を高円寺は後ろから摑む。

「放せっ」

肩越しに振り返った修一の顔は明らかに怯《おび》えていた。

「に、任意でしょう？　もう話すことはありません」

「聞いたようなこと言いやがるな」

少し脅かしてやるかと高円寺はわざとドスの利いた声を出すと、摑んだ腕を引き寄せようとした。

「は、放せっ！　乱暴はっ……」

「誰も乱暴なんかしてねえだろうが」

言いながらも高円寺はもう片方の手も伸ばし、修一の両手を捕らえた。引っかき傷を探そうとしたのである。

「放せよっ」

修一が悲鳴のような声を上げる。

傷は――あった。左の手の甲にどう見ても引っかかれたと思われる傷があるのを確認した高円寺は、これで充分と暴れまくっている修一の手を放した。

「……っ」

あっさりと抵抗をかわされ、勢いづいた修一の身体が後ろによろける。

「おっと」

危ねえ、と高円寺は再び腕を摑んで支えてやったのだが、修一はまた自由を奪われると思ったらしく、

「放せっ！」

と叫んで高円寺の手を振り払った。

「放しただろうが」

「帰れっ」

ヒステリックな甲高い声で叫んだ修一も、続く高円寺の問いかけには息を呑んで黙り込んでしまった。

「あんたのその左手の傷……引っかき傷だよなあ？」

「……なっ……」

高円寺の目の前で修一の顔がみるみるうちに真っ白になってゆく。左手の甲を右手で庇う彼の身体は瘧《おこり》のようにぶるぶる震え始めていた。

「殺された大学生の爪の間から、本人以外の皮膚組織が発見されたんだよ。殺される直前、抵抗して相手を引っかいたんじゃねえかと見てるんだが、どうだろう、ちょっと署までご同行いただけねえかな」

間違いない、クロだ——高円寺の胸に確信が溢《あふ》れる。できればこのまま任意同行といきたかったが、修一も馬鹿ではなかった。

「れ、令状はあるのかっ！」

『任意』という言葉を先ほど出したあたりからその程度の知識は持っていると思わないでもなかったが、予測どおりのリアクションを取る彼に、

「ねえよ。だがすぐ取れるだろう」

高円寺は肩を竦《すく》め、そう笑ってみせた。

「と、取れるものなら取ってみろっ！　帰れっ！」

叫ぶ修一の後ろで、中年の女性が電話を手におろおろと様子を窺《うかが》っている。あれが『お手伝いさん』かと高円寺は思いつつも、父親の森脇代議士にでも連絡をされては面倒だと、この場はこれで辞すことにした。

「わかったから喚《わめ》くな。すぐ令状取ってきてやるよ」

それじゃな、と踵を返すとひらひらと手を振り、高円寺は森脇家のドアを出た。

「帰れっ」

「坊ちゃまっ」

修一の、興奮のあまりひっくり返った叫び声と、中年女性のおろおろした呼びかけを背にドアを閉め、高円寺は覆面に戻ると勢いよく車を発進させた。

下手をすると脅しが効きすぎ修一は、すぐにでも国外に逃亡してしまう恐れがあった。DNA鑑定には時間がかかるので即逮捕状は無理だろうが、家宅捜索の令状くらいなら取れるかもしれない。それで覚醒剤でも見つかれば覚醒剤取締法違反で引っ張ることができると高円寺は逸《はや》る気持ちを抑えつつ、一路西署に向け車を走らせた。

「見てやがれ」

呟《つぶや》きながら内ポケットから煙草を取り出し、一本銜えて火をつける。

長いものになど巻かれるものか——ここまでの材料を突きつけてやれば、さすがに遠宮も納得するに違いない、と頷いた高円寺の脳裏に、別れ際に見せた遠宮の、紅い唇が過ぎった。

「…………」

途端にどきりと妙な胸の高鳴りを覚える自身の身体に首を傾げつつも、修一逮捕に高揚する気分がそれに勝り、高円寺は署に戻ってからの行動を頭の中でシミュレートし始めた。

『長いもの』――権力の強大さを間もなく知らされることになるとは予想だにしない高円寺の運転する覆面パトカーは、首都圏を疾走していった。

8

署に戻った途端、高円寺は田野倉署長から呼び出された。早速修一が父親に泣きついたのかと思いつつ、

「失礼します」

と署長室のドアをノックし中へと入る。

「高円寺君、君はなんということをしでかしてくれたんだ」

開口一番、そう高円寺を怒鳴りつけてきた署長の前には遠宮が立っていた。上司として叱責《しっせき》でも受けていたのか、それとも二人がかりで自分を説得しようという魂胆かと思いながら、

「はい？」

まずは相手の出方を見ようと高円寺はそらっとぼけた相槌《あいづち》を打った。

「何が『はい』だっ！　貴様、今までどこにいたのか言ってみろ」

田野倉はいかにも慶應ボーイらしく、物腰から服装まで常にスマートさを心がけていると評判だが、今はすっかり興奮してしまっているようだ。物凄い剣幕のその原因が、森脇代議士にあるかと思うと高円寺は腹立たしく、

「どこって、容疑者に話を聞きに行っていただけですがね」

とわざと鷹揚な口調で答えた。

「馬鹿者っ！　何が容疑者だっ！　容疑者なら既に逮捕、送検済みだろうっ」

口角から唾《つば》を飛ばして罵倒《ばとう》してくる署長に、高円寺は負けじと声を張り上げる。

「あれは身代わりだ！　真犯人は森脇修一だと署長、あんただって知ってるんでしょう」

「馬鹿なことを言うなっ！」

高円寺があまりにずばりと言いすぎたのだろう、田野倉は顔を真っ赤にし、バンッと物凄い音を立てて机を叩いたのだが、高円寺がそれごときに臆《おく》するわけもなかった。

「ガイシャの爪の間から、犯人のものと思われる皮膚組織が検出されたのを、あんたも知ってるだろう？　ＤＮＡ鑑定をすればあれが三上のものではなく、森脇修一のものだと断定できる。現に修一の手の甲には引っかき傷が残っていたからな」

「勝手なことを言うな！　何がＤＮＡ鑑定だっ！　そんなものを許可した覚えはないっ」

田野倉はますます顔を紅くし、怒声を張り上げてくる。

「許可しねえのは結果が怖えからだろう！　犯人は森脇修一だ！　自首する奴がいようがいまいが、真実はひとつだっ」

「わかったようなことを言うなっ」

バンっと再び机を叩いた田野倉は、息を乱しながらも暫く高円寺を睨みつけていたが、やが

て、

「まあいい」

肩を竦めると、今度は高円寺の傍《かたわ》らに立っていた遠宮へと視線を移した。

「先ほど遠宮課長の了解も取ったが、暫く君には自宅謹慎してもらう」

「謹慎？　理由は？　俺が何したっていうんだよ」

謹慎などしている間に三上は起訴され、修一は国外へと脱出してしまうだろう。それは困ると内心の焦燥《しょうそう》を顔に出さぬよう心がけながら、高円寺は署長に怒鳴り返した。

「命令無視に職務怠慢だ。昨日一日連絡が取れなかったそうじゃないか」

「……密告《チク》りやがったな」

高円寺はじろりと傍《かたわ》らの遠宮を睨みつけた。

「勤惰《きんだ》状態を聞かれたから答えたまでだ」

遠宮は高円寺を見もせず、淡々とした口調でそう答えたのだが、その頬はやけに白くそそけ立っているように高円寺の目には映った。

「何が勤惰状態だ。俺が馬車馬のように働いていたこたぁ、あんたも知ってただろうがよ」

「捜査の足並みを乱すスタンドプレイは皆のためにもならないからな。暫く休んで頭を冷やせということだ」

遠宮の、自分に追従するような反応にすっかり余裕を取り戻したらしい田野倉署長が、高円寺に向かいにやりと笑ってみせる。

「……断る」

自分を馬鹿にしまくったような田野倉の笑みを前に、高円寺の頭にカッと血が上った。どんな人間でも上司は上司、どの世界よりも厳しい上下関係のある警察において、上司命令は絶対であることは高円寺にもわかっている。だが、だからといってそれをおとなしく受け入れるほど、彼は人間が練れていないのもまた事実であった
「断れるわけがないだろう。署長命令だ。何がなんでも従ってもらう」

田野倉はますます居丈高《いたけだか》に高円寺を怒鳴りつけると、

「手帳と拳銃を出せ！」

と高円寺に向かい、真っ直ぐ右手を差し出してきた。

「……」

権力を笠に着たあまりに理不尽な命令に、あらん限りの罵詈雑言《ばりぞうごん》が高円寺の頭に浮かんでいたが、それを吐き出したところで事情が変わるわけではない。なんとかこの命令を回避することはできないか——珍しくも激情に流されずに頭を必死で回転させていた高円寺の隣に佇《たたず》む影がゆらりと動いた。と同時に凜とした美声が室内に響き渡り、高円寺を驚かせたのだった。

「署長の命令に従う必要はない」

「なんだと?」

声の主は言うまでもなく、高円寺の美貌の上司、遠宮だった。落ち着ききった遠宮の声に、驚きと怒りを露にした署長の声が被さる。

「遠宮！　貴様まで何を言い出す」

こめかみのあたりの血管がまさに切れそうな勢いで、田野倉が遠宮を怒鳴りつけるのを、高円寺は一体何が起こっているのかと半ば唖然《あぜん》としながら見つめていた。

「お聞きになったとおりです。一日行方をくらましたくらいで謹慎の処分は重すぎます。私から厳重注意をいたしておく、と申し上げただけです」

「勝手なことを言うな！　お前、さっきは承知したじゃないかっ」

唇の端を上げて微笑んでいる、それこそ仮面をつけているかのように表情が読めぬ遠宮の顔がどこまでも気高く見えるのに反し、怒りも露な田野倉の顔はこれ以上はないほどに下卑《げび》た様相を呈していた。

「さっきとは？」

目を細めてにっこりと微笑んだ遠宮の目は少しも笑ってはいない。『さっき』ということはやはり、自分がこの部屋に来る前に田野倉と遠宮はなんらかの打ち合わせをしていたのだろうと高円寺は察したが、その遠宮が今、何をしようとしているのかまでは予測することができなかった。

「さっきはさっきだ！　高円寺の処分について、この部屋で話し合っただろうが！」

田野倉は一瞬言いよどんだあと、さらに声高に遠宮に叫んだのだったが、その一瞬の躊躇《ちゅうちょ》が何に帰するものかを高円寺はすぐ知ることになった。

「署長がお話しになっているのは、この件のことでしょうか」

相変わらず見惚れるほどの微笑を湛えた遠宮が、おもむろにスーツの内ポケットから取り出したものを田野倉に示してみせる。

「貴様……っ」

田野倉を、そして高円寺を驚かせたそれはなんと、ＩＣレコーダーだった。言葉を失う田野倉に向かい、遠宮は再び目を細めて微笑むと、ボタンを操作し音声を再生させた。

『森脇代議士から電話があった！　高円寺が家まで押しかけてきたと言うが、一体どういうことだ？』

『申し訳ありません』

流れる音声は、それこそ田野倉の言う『さっき』に彼と遠宮の間で交された会話らしかった。

『三上送検で事件は終わったはずだ。なぜいつまでも高円寺を嗅《か》ぎ回らせる』

『……申し訳ありません。どうやら高円寺は三上の犯行を疑っているようです。三上は身代わりで自首しただけだと……』

『それを納得させるのがお前の仕事だろう！』

『本当に申し訳ありません……でも、実際はどうなのでしょう』

『何がだ』

『森脇修一は本当にあの大学生を殺したのですか？』

『今更何を言い出すのかと思ったら』

あははという田野倉の高い笑い声がレコーダーから響いたのに、それまで唖然としてレコーダーの声を聞いていた当の田野倉が、はっとした顔になった。

「遠宮、貴様……」

押し殺した田野倉の声と、レコーダーの彼の声が重なった。

『彼が犯人でないのなら、森脇代議士が私に頭を下げてくるわけがないだろう』

認めた──はっきりと『そうだ』と答えたわけではなかったが、田野倉のこの言葉は森脇修一の犯行を認めるものだった。高円寺は思わず、よし、と拳を握り締め、怒り心頭といった表情で遠宮を睨みつけている田野倉と、カチャ、と手の中のレコーダーの停止ボタンを押した遠宮を代わる代わるに見やった。

「……遠宮……一体どういうつもりだ」

ぎりぎりと歯嚙みしながら田野倉が凶悪そのものの顔でそう告げたのに、

「『どういうつもり』だったのか、署長にこそお聞きしたいですね」

上司の怒りを前にしても一歩も引く素振りを見せずに遠宮は、余裕すら感じさせる微笑を浮かべ、真っ直ぐに田野倉を見返した。

「なにを？」

田野倉のこめかみの血管が怒りに更に浮き上がる。次の瞬間彼ははっと何かに気づいた顔になり、ますます凶悪になった目で遠宮を睨みつけた。

「……これを録《と》るためにわざと私にあんな質問を……」

「ご想像にお任せします」

唇の端をきゅっと上げて笑みを深めてみせた遠宮の口調は、田野倉がぎりぎりのところで保っていた理性の糸を断ち切るには充分であった。

「貴様っ、今までいろいろと目をかけてやった恩を忘れたかっ」

真っ赤な顔をした田野倉が机越しに遠宮の胸倉を摑もうとする。まさか警察署の長たる者が暴力に訴えてくるとは思っていなかったらしい遠宮がぎょっとして身体を強張《こわば》らせた。それを庇うように高円寺は彼の前に立ちはだかると、伸びてきた田野倉の手首を摑み高く挙げた。

「……痛《つう》……」

「暴力はいけねえな、署長」

「高円寺……」

遠宮が驚きに目を見開きながら、ぽつりと彼の名を呼ぶ。その声に誘われ肩越しに遠宮を振り返った高円寺は、それまで堂々と田野倉と渡り合っていたのと、同じ人物とはとても思えぬ戸惑った彼の表情に、思わず目を奪われた。

「放さんかっ！　おいっ！」

だが自分に向かい罵声を浴びせかける田野倉を前にして、いつまでも見惚れ続けていることもできず、高円寺はすぐに視線を前へと戻し、口角から唾《つば》を飛ばして喚き立てている田野倉の腕を勢いをつけて放した。

「……っ」

反動で田野倉は後ろへとよろけ、引いていた椅子の上にちょうど座る格好になった。無様な姿を晒《さら》してなお、再び立ち上がろうとする田野倉の目の前の机を、高円寺は平手で力一杯叩く。バンッという部屋の空気を振動させるほどの大きな音に、田野倉の身体がびくっと震えた。

先ほどまで血管が切れそうになっていた田野倉の顔色は、今や真っ白だった。額にびっしりと浮いた脂汗《あぶらあせ》が不潔感をそそるその顔に、高円寺は少し屈《かが》んで己の顔を近づけると、声にドスを利かせ一言こう告げた。

「森脇修一への逮捕状、請求させてもらうぜ」

「……っ」

その瞬間、田野倉は何かを叫びかけ——やがてがっくりと肩を落とし、椅子へとへたり込んだ。

「すぐ裁判所に連絡を」

遠宮が後ろから高円寺の肩を摑み、静かな口調でそう声をかけてくる。

「おう」

振り返り、笑顔を向けた高円寺の目に映った遠宮の顔は、いつもの仮面を被ったような表情を取り戻してはいたが、すべらかなその頬が微かに紅潮しているのに高円寺は気づいた。

「……行こう」

じっと己の顔に注がれる高円寺の視線に耐えかねたのか、遠宮は目を伏せ短くそう言うと、先に立ってドアへと足を進める。

「……ああ」

なんとなくいつもの彼とは違うような気がする——己に対してですら説明のできない違和感を抱きつつも高円寺は遠宮のあとに続き、足早に署長室を出ようとした。部屋を出しなにちらと署長席を見やると、田野倉は放心したように椅子に座り続けていた。

子飼いの部下だと思っていた遠宮の裏切りに対するショックもあるだろうが、今、田野倉の頭を占めているのはこの事態を森脇代議士になんと説明すればいいかということだろう。下手に動けば遠宮の録音を公表される上に、身代わり自首だと知りながら三上の送検を急いだことまで暴露されるのである。反面、森脇の逮捕を許可すれば、父親の森脇代議士が黙ってはいまい。これ以上はない窮地に立たされ、茫然自失《ぼうぜんじしつ》としている田野倉の心中を測りつつ、高円寺は署長室のドアを閉めた。

廊下《ろうか》を数歩進んだ場所で遠宮が高円寺を待っていた。

「……驚いたぜ」

高円寺が彼へと歩み寄ると、遠宮は再び前を向き廊下を速足で歩き始めた。高円寺に向けられた華奢といってもいいほどの細身の背は、会話を拒否しているようにも言葉をかけられるのを待っているようにも見える。どちらにせよ、遠宮をこの驚くべき行動に走らせた理由は知りたいと、高円寺は無視されるのを覚悟で問いかけた。

「一体どういう心境の変化だ？　『長ぇものには巻かれろ』じゃなかったのかよ」

半ば予想したとおり、遠宮はまるで高円寺の声が聞こえないかのように暫く無言で歩いていたが、高円寺が答えを諦めた頃にいきなり足を止め彼を驚かせた。

「……私にも最低限の警察官としての良心があった、それだけだ」

前を向いたまま遠宮は一言そう言うと、高円寺に話しかける隙を与えず再び速足で歩き始めた。

「あんたにとっちゃあ、所轄の刑事課長なんざ、キャリアアップの一通過点に過ぎねえと思ってたぜ」

取り付く島がない遠宮の背に、高円寺はそんな挑発的な言葉を投げかけたのだが、遠宮の足が止まることはなかった。結局遠宮の真意は聞けずじまいかと高円寺は肩を竦めたが、一応の礼だけは言っておこうと、再び距離を離された遠宮へと駆け寄っていった。

「なんにせよ、感謝するぜ。これで修一を引っ張れる。ありがとよ」

そう言い、後ろから遠宮の肩をパンと軽く叩いた高円寺を、遠宮はちらと肩越しに振り返り、

「別にあなたのために動いたわけじゃない」

淡々とした口調で言い捨てると、すぐに前方に顔を戻し、そのまま刑事課へと入っていってしまった。

「まったく、愛想のカケラもありゃしねえ」

やれやれ、と高円寺は溜め息をつくと、遠宮に続き刑事課のドアを開いた。既に遠宮は皆を集め、逮捕状請求の手続きと修一の身柄の確保を刑事たちに割り振っていた。

「高円寺さんは納さんと一緒に森脇家に向かってください」

「おう」

急な話に戸惑いの色を隠せない刑事たちの顔を一瞥《いちべつ》したあと、遠宮はいつもの凛とした美声を室内に響かせた。

「本件、真犯人の森脇修一逮捕に向け、最後まで気を抜かぬよう充分注意して行動するように。解散！」

「はいっ」

「行くぜっ」

その場にいた全員が一斉に遠宮の飛ばした檄《げき》に答え、部屋を駆け出していく。

「高円寺さん、やりましたね」

「おう、サメちゃん、行こうぜ」

駆け寄ってきた『新宿サメ』は、いよいよ真犯人逮捕に向け、逸る気持ちを抑えきれぬような興奮した表情をしていた。

「それにしても遠宮課長の変貌ぶりには驚きましたよね。一体どういう心境の変化なんでしょう」

「さあ、俺が知るかよ」

それこそ自分が知りたいくらいだ、と肩を竦めた高円寺を心底驚かせるようなことを、共に覆面パトカーに乗り込みながら納は言ってきた。

「やっぱり高円寺さんが、命を狙われたのがきっかけでしょうかね」

運転席に納が、助手席に高円寺が乗り込み一路初台の森脇代議士の自宅へと向けて出発する。

「俺の命なんざ、別に奴にとっては関係ねえんじゃねえか」

「それがもう、大変な騒ぎでね」

「騒ぎ?」

一体何があったのだと尋ねる高円寺に、運転しながら納はなんとも言えない顔をして笑うと、

「実は俺、昨夜は若木《わかぎ》が体調悪いっていうんで宿直代わってやったんですけどね」

と話し始めた。

「宿直?」

「ええ、それで宿直室で寝てたら急に遠宮課長が飛び込んできたんですよね」

「課長が？」

ますます驚く高円寺に、納が昨夜の出来事の一部始終を説明してくれた。夜十一時過ぎ——ちょうど高円寺が何者かに轢き殺されそうになっている頃、遠宮が血相を変えて納の眠っていた宿直室に現れ、彼を叩き起こしたのだという。

『高円寺が何者かに襲われている！』

悲鳴のような声でそう叫んだかと思うと、握っていた携帯に向かい、何度も何度も『もしもしっ』と遠宮は呼びかけていたのだそうだ。

「携帯持つ手がぶるぶる震えてましてね。課長、普段滅多に感情を面《おもて》に表さないじゃないですか。それが昨日はもう半泣きで。高円寺さんが襲われたことにも驚いたけど、あの課長の狼狽《ろうばい》ぶりにもほんと、驚かされましたよ」

「……そんなことがねえ」

まったく知らなかった、と溜め息交じりに呟いた高円寺に向かい、それでね、と納は話を続けた。

「高円寺さんの声が電話から聞こえた途端、はは、でっけえ声だから俺にも聞こえたんですが、課長、半泣きどころかマジ泣きしてましたよ」

「嘘つけ」

「嘘じゃないですよ。俺の手前我慢してたみたいですけど、何回も手の甲で目を擦ってましたよ」

「………」

あのとき——『あんな事件に自分の命をかけること自体信じられない』などと可愛げのないことを言っていた遠宮が、自分の安否をそれほどまでに気遣ってくれていたとは、高円寺は考えたこともなかった。

「ああ見えて、部下思いのいいとこあるな、とちょっと見直しましたよ」

ははは、と笑った納に笑い返しながらも、高円寺は納の話に出てくる遠宮と普段の彼とのあまりのギャップに、首を傾げずにはいられなかった。

「澄ました顔がデフォルトなだけに、あの泣き顔はインパクトありましたねえ」

高円寺さんにも見せたかった、という納の言葉に、

「見たかねえよ」

と笑った高円寺ではあったが、なぜかこの話題を続けることが面白くなく、

「それよりまずどうやって修一を落とすか、考えようぜ」

と自分から話を逸らせた。

「DNA鑑定は時間がかかりますからね。修一は多分バックレるでしょうし」

「やっぱり覚醒剤から攻めるっきゃねえだろうな。処分してねえといいんだが」

「本人も常習してるとすると、処分できないんじゃないかと思うんですが……どうでしょうね」

そうして会話を続けてはいても、高円寺の脳裏には時折幻の影が差していた。

『あの泣き顔はインパクトありましたねえ』

納が語った遠宮の半泣きの顔が、払っても払っても頭に浮かび、高円寺を落ち着かない気分にさせてゆく。

話題を変えたのは、自分の見たことのない遠宮の泣き顔を見た納に対し、ジェラシーを感じたからではないのか――ふと頭に浮かんだその考えは、馬鹿馬鹿しいと笑い飛ばそうにもそうしきれぬ何かがあった。

「高円寺さん?」

急に黙り込んでしまった高円寺を不審がり、納が声をかけてくる。

「ああ、すまねえ」

我に返って高円寺は詫《わ》びると、今は事件のことだけを考えるときだろうと心の中で自分に活を入れ直し、それからは納と修一逮捕に向けての算段に熱を入れたのだった。

それから数時間後、逮捕状が出てすぐ森脇修一は高円寺らによって身柄を拘束され、新宿西署に連行された。

逮捕状を示すと、修一は「知らない」「僕じゃない」と喚き立てたが、やがて観念したのかぽつぽつと犯行を自供し始めた。

ミトモが収集した情報のとおり、修一にはセックスの最中、相手の首を絞めるという癖があった。特に覚醒剤を投与しながらセックスしているときには、興奮のあまりその癖が出ることが多かったそうなのだが、今回の事件の際は少し事情が違ったらしい。

被害者の大学生には新宿中央公園で会い向こうから声をかけてきたそうだ。そのとき修一は薬と酒で酩酊《めいてい》状態だった。最初五万円でと言っていた被害者がいざ、事を始める段になって、あと二万よこせと言ってきたことに腹を立て、気づいたら首を絞めていたという。

「あんなに簡単に人が死ぬとは思わなかった」

いつもはもっと絞めても大丈夫なのにと、とても真っ当な神経の持ち主とは思えぬことを言い出した修一を、取り調べに当たった高円寺は、

「ふざけるな」

と怒鳴り飛ばしたのだったが、修一には「ふざけている」という感覚はなかったようで、ただぽかんと高円寺の顔を見返しただけだった。

事件の隠蔽《いんぺい》に父親が動いたことに関しては、「頼んだわけじゃない」と修一は不貞腐《ふてくさ》れた。

「僕のためじゃない、自分のためにしているんだろう」

参院選も近いから、と馬鹿にしたような口調で言った修一は、それでもその父親が慌てて寄《よ》越《こ》した弁護士の世話になることに関しては、特に反発も疑問も覚えていないようだった。

「文句だけは一人前の脛齧《すねかじ》り野郎だったぜ」

その夜、高円寺はミトモの店に上条《かみじょう》と中津、そして藤原を集め、事件解決の報告をした。

「本当にひーちゃん、どうもありがとう！」

今夜はアタシの奢《おご》りよ、と言いながらミトモが三人のキープボトルから酒を注ぐのに、

「次はヘネシーあたりを入れといてくれ」

もう一人の『ひーちゃん』、上条が調子に乗ったことを言い、ストレートのウイスキーを一気に喉へと流し込んだ。

「僕も何もしなかったけど、上条は更に何もしなかったんじゃなかったか？」

横で中津が呆れた声を上げるのに、上条がふざけてシナを作る。

「いやん、キツいわ。中津ちゃん」

ミトモの真似《まね》らしい仕草に、一同が爆笑する中、当のミトモは、

「ひどいわねえ」

と憤慨してみせたあと、「違うのよ」と上条のグラスに酒を注ぎ足しながら皆を見渡した。

「違う？」

「こっちのひーちゃんも、充分貢献してるのよう。ね？」

「あれしき貢献したウチには入らねえけどな」

がはは、と笑った上条が再びグラスを呷るのに、

「なんでえ、ひーちゃん、何してくれちゃったわけ？」

高円寺はわざと上条の背を叩き、彼を思い切りむせさせた。

「何しやがる」

「ああもう、やめなさいよう」

はい、とミトモがカウンターの下からタオルを出し、前を濡らした上条へと放り投げる。

「実は昨夜、あの美人課長がウチに来たんだけどさ」

「え？」

美人課長——遠宮が？　と首を傾げる高円寺の後頭部を仕返しとばかりに上条が叩いた。

「痛《いて》えなあ」

「ミトモ、タオルサンキュー」

じろ、と睨んだ高円寺を無視し、上条がタオルをミトモに投げ返す。

「もう、ひーちゃんたら照れちゃって」

「『ひーちゃん』言うなって言ってんだろ」

泣く子も黙るどころか失神するのではないかといわれるほどの凶悪な上条の三白眼《さんぱくがん》も、ミト

モにはまるで通じないらしく、

「あら怖い」

と馬鹿にしたように笑うと、再び話を続けた。

「ちょうどそのときひーちゃんが居合わせてさ、事件の話が聞きたいって言うあの美人ちゃんに、極秘情報流したのよう」

「極秘情報?」

「なんだ、そりゃ」

中津と高円寺が問いかけるのに、ミトモは、うふふと笑うと、

「森脇代議士、某大手企業からの収賄《しゅうわい》の容疑で近々逮捕されるだろうって。暴力団との癒着も問題になってるし、おたくの署長にソレ教えてやったらどうだって」

「なんでえ、そりゃ本当か?」

「まあ、ガセじゃねえがな」

にや、と笑った上条が、またもグラスを空にする。

「まったく、奢りだと飲みっぷりもいいわねえ」

「だから俺らのボトルだろうがよ」

やれやれ、と溜め息をつくミトモに上条がまた吼《ほ》え、彼ら以外客のいない――まだ開店前だからである――ミトモの店に笑いが溢れた。

皆と一緒になって笑いながらも、高円寺は胸にぽっかりと穴が開いてしまったような感じを抱いていた。強いていえばそれは『落胆』で、一体自分は何をがっかりしているんだと内心首を傾げていた高円寺の表情が晴れぬのに敏感に気づいたミトモが、

「ヒサモちゃん、どうかした？」

と顔を覗き込んできた。

「いや、別に」

「なんか元気、ないわねえ」

飲みが足りないんじゃないの？　とドバドバと高円寺のグラスにウイスキーを注ぎ始めたミトモに、

「よせって」

と高円寺は笑ったのだったが、そのとき、

「そうか」

一番端に座る藤原が不意に大きな声を出したものだから、思わず彼へと皆は注目した。

「どうした？　龍門」

「いや、遠宮課長の心境の変化の理由がようやくわかったもんで」

そういうことか、と一人大きく頷く藤原に、

「理由？」

中津がアーモンド形の目を大きく見開き、彼の顔を覗き込む。その後ろで高円寺も密かに耳を欹《そばだ》てた。

「森脇代議士が失脚するとなると、あれだけ代議士にべったりだった田野倉署長もそのうち左《さ》遷《せん》されると踏んだんじゃないですかね。田野倉にいい顔するよりは、彼の不正を正したほうがより上層部のウケがいいと計算したんじゃないかなあ」

「なるほどねえ」

これか——自分が『落胆』したのは何に対してだったのか、その答えを、藤原の言葉の中に見出し、高円寺は思わず大きく頷いてしまっていた。

『警察官としての良心が残っていたためだ』——昨日までとは掌を返したような行動を取った理由を遠宮はそう語っていたが、実際はもっと利己的な、損得勘定の結果にすぎなかったということに、自分はがっかりしたのだろうと思いつつ、高円寺は手の中のグラスを呷った。

「それは違うと思うけどなあ」

タン、と底をカウンターに打ちつけるようにして高円寺がグラスを置いたとき、ミトモが意味深な顔をして笑い、そのグラスにカランカランと新しい氷を入れる。

「違う?」

何が違うのだと問い返した高円寺の横で、

「ああ、俺も違うと思うぜ」

上条がにやにやと、物言いたげな顔で笑い、高円寺のグラスに酒を注ぎ足そうとしていたミトモからボトルを奪い取ると、ドバドバと氷の上から注ぎ始めた。

「なんだよ、てめえまで」

「あの美人課長を動かしたの、ヒサモちゃんへの愛だとアタシは思うわよ」

上条に向かい口を尖《とが》らせた高円寺は、ミトモの言葉に仰天した。

「愛?」

「ああ、俺もそう思った」

続いて自分のグラスにもボトルの酒を注ぎ、速攻で中身を空にした上条がミトモに、

「おめえのオゴリでヘネシーな」

と笑ってミトモに空き瓶を返す。

「ヘネシーは欲張りすぎなんじゃないの?」

「いいじゃねえか、感謝の思いを伝えるのに金を惜しんじゃいけねえぜ」

「ちょ、ちょっと待ってくれ」

あっという間に話題が逸れていくのを、高円寺の大声が制した。

「なによ」

「あのな、愛ってなんだよ、『愛』って」

「卓球少女じゃないわよ」

「伝説のホストクラブでもねえぜ」

「勿論天才女子ゴルファーでもないし」

「青より出でて青より濃いものでも……」

「いい加減にしろって」

またダジャレにもならないつまらないボケツッコミを始めたミトモと上条を、高円寺は怒鳴りつけた。

「遠宮が俺への『愛』で動いたってえのは、どういうことだと聞いてるんだよ」

「あらやだ、ヒサモちゃん、まさかまったく気づいてなかったってわけ?」

ミトモが驚いたように目を見開くその前で、

「仕方ねえよ。こいつは鈍感が服着て歩いてるような野郎だからよ」

上条が、がははと笑ってグラスを一気に空け、「おかわり」とミトモにニューボトルを催促した。

「……おめえにだけは言われたくねえぜ」

鈍感はどっちだと上条を睨んだ高円寺の視線の延長上にいた中津が、自分もそう思うというように頷いている。

「なんでえ、まるで俺が鈍感な野郎みてえなこと言うじゃねえか」

「そんなことは別にどうでもいいけど、なに? あの絶世の美人は高円寺に惚《ほ》れてるってこと？」

上条が高円寺に問い返す声に被せ、中津が再び話の軌道を元へと戻した。

「中津ちゃんだって絶世の美人じゃないの。ねえ？」

「ええ。自分もそう思います」

ミトモの問いかけに、今日も一滴の酒も飲まないとウーロン茶で通している藤原が大真面目な顔で頷く。

「僕のことはどうでもいいから、話を先に進めてくれよ」

苦笑した中津は、それでも照れたように藤原に笑いかけ、藤原は「ほんとのことだし」とぼそぼそ言いながらごくごくとウーロン茶を飲み干した。

「あーあ、ごちそうさまよねえ」

その様子にミトモは大きく溜め息をつくと、いい加減、話が脱線しすぎて苛々していた高円寺に気づき、

「あら、ごめんなさいね」

と少しも悪いと思っていない様子で頭を下げてみせた。

「殴るぞ、おら」

「きゃあ、暴力反対よう」

ミトモはけらけらと笑ったあと、

「だからさあ」

と高円寺を真っ直ぐに見据えた。

「愛だか恋だかは知らないけど、あの課長があんたの言うような行動に出たのは、あんたの身にこれ以上危険を及ばせないためだったと思うわよ」

「俺の身に？」

一体どういうことだとますます首を傾げる高円寺に、「仕方ないわねえ」と笑いながらミトモは、昨夜、遠宮が店を訪れたときの様子を語り始めた。

夜十二時過ぎ——店にはそのとき、恋人である神津《こうづ》が今日は関西の大学に出張中で寂しいと愚痴《ぐち》を零《こぼ》しに来た上条と、店の主人であるミトモ二人しかいなかった。

内容があるようなないような、くだらない話をだらだらと二人がしているところに、カウベルが千切れ飛ぶような勢いでドアが開いたかと思うと、厳しい顔をした遠宮が飛び込んできたのだという。

『新宿中央公園の殺人事件で、高円寺が今現在握っている情報を知りたい』

開口一番そう尋ねてきた遠宮を、喧嘩《けんか》腰としか思えぬ口調もありミトモは最初相手にしていなかった。のらりくらりと質問をかわしていたのだが、焦《じ》れた遠宮が、

『高円寺は命を狙われたんだ！』

と怒鳴るに至り、彼が何をしにこの店に来たかを知ることとなった。

「それだけじゃないのよう」

ミトモはまたにやにやと意味深な笑いを浮かべ、ねえ、と上条に流し目を送った。

「おう」

上条も面白くて堪《たま》らないというように笑い、ミトモと高円寺を代わる代わるに見つめている。

「なんでえ、もったいつけずに教えろよ」

苛つく声を出した高円寺に、ミトモは、にやにやしたまま口を開いた。

「それがあの美人ちゃん、アタシとあんたの関係をしつこいくらいに聞くのよう」

「へ？」

思いもよらない答えに高円寺が素《す》っ頓狂《とんきょう》な声を上げる。

「そうそう、ありゃもう、ヤキモチ以外の何ものでもねえぜ」

がはは と上条が高笑いをし、遠宮の口真似をし始めた。

「『一体お二人はどういう関係なのですか』『あなたの頼みだから高円寺は自分の身に降りかかる危険も顧みず、動いているのではないですか』……根掘り葉掘りって感じだったよなあ」

「そうそう、しまいには『プライベートでのお付き合いは、今までなかったという理解でよろしいんですね』なんて確認までされちゃってさあ、そうだって言ってるのに、『本当ですか』なんて何度も確認取るのよねえ」

「なるほど、そりゃジェラシーだ」

「だろ？」

中津までもがミトモや上条の意見に同調するのに、高円寺は、

「そうかねえ？」

と素直に彼らの言葉を受け取れずにいた。

信じられない――あの遠宮が自分を好きだとは、とても高円寺には思えなかったからである。

「絶対そうよ。百万賭けてもいいくらいよ」

「俺は億、賭けるぜ」

大きく頷くミトモと上条の傍らで、中津が真面目な顔をして高円寺に問いかけてくる。

「高円寺には少しも心当たりがないのかい？」

「心当たり……ねえ」

カラン、と手の中のグラスを揺らしながら呟いた高円寺の脳裏に、まさに『心当たり』としかいえない、数々の出来事が蘇ってきた。

宿直室で、手錠を嵌《は》められてのいきなりのセックスや、売り言葉に買い言葉でホテルに行くことになってしまったこと――遠宮の真意がまるで読めなかったそれらの行為も、理由が自分への恋愛感情にあったのだとすると納得できないこともない。

あくまでも捜査を続けると言った自分に彼が叫んだ言葉も――『あのミトモとかいうオカマのためかっ』――あんなに遠宮がむきになったのは、ミトモと自分との仲を嫉妬《しっと》したからだと

いうのだろうか。

「なんだ、結構ありそうじゃないの」

ふふ、と笑ったミトモが戸棚からニューボトルを取り出したが、それは上条の言うような『ヘネシー』ではなく、いつも彼らが飲んでいるハーパーだった。

「おい、ヘネシーは？」

「これでヘネシーって読むのよ」

「嘘つけ」

上条の罵声にも負けず、あっという間に新しいボトルの封を切ったミトモが、空になった高円寺のグラスにバーボンを注ぐ。

「ま、若いだけに尖《とん》がってるけど、悪い子じゃないんじゃないのぉ？」

「なんだよ、そりゃ」

相変わらずにやにや笑いを浮かべたミトモが、顔を覗き込んでくるのに眉を顰めた高円寺に、

「そうそう、高円寺にはあのじゃじゃ馬ぶりがちょうどいいんじゃねえの？」

俺にも寄越せ、と上条がグラスをミトモに差し出し、尻馬に乗ったようなことを言い出した。

「じゃじゃ馬ねえ」

女王ではなくじゃじゃ馬だったか、と思いつつ高円寺はグラスの酒を一気に空けると、

「今日はちょっと先に帰るぜ」

といきなりスツールから降り立った。

「あら、どうしたの？」

「いや、ちょっとな」

言いながら上条と中津、そして藤原の肩をそれぞれに叩き出口へと向かう。

「それじゃな」

「なんでえ、急にどうしたんだよ」

「兄貴、何か気に障ったんですか？」

急に帰ると言い出した高円寺に、皆が戸惑いの声を上げる中、ミトモだけは高円寺の意図を察したようで、

「頑張んなさいよう」

と陽気な声を上げ、うふふと笑った。

「おう」

笑顔で皆に手を振り、店を出た高円寺の『意図』は、ただひとつだった。

確かめたい、と思った途端に、我慢が利かなくなった。

遠宮は本当に自分に恋愛感情を抱いているのか——なぜ自分がこれほどまでに、それを確かめたいという衝動に駆られているのか、その理由を高円寺は察していた。

目を奪われるほどの美貌——その美貌以上に己を惹《ひ》きつける何かを遠宮の中に自分が見出し

ていることを、今この瞬間、高円寺は初めて意識したのだ。

「じゃじゃ馬か……」

喧騒の中、ふと足を止め高円寺は夜空を見上げた。けばけばしいネオンの明るさに星ひとつ見えない暗い空の向こう、納が見たという遠宮の幻の泣き顔が浮かび、消えてゆく。

虫が好かないとばかり思っていたが、まさかこんな日が来るなんて、と高円寺は苦笑すると、手帳を取り出し遠宮の住所を確かめた。

「待ってろ、タローちゃん」

常に揶揄するときに使っていた彼の呼称を口にする高円寺の胸に、なんともいえないくすぐったい思いが溢れてくる。

新宿中央通りに出てすぐタクシーの空車を停《と》めると、高円寺は遠宮の住所を告げ、どっかりとシートに沈み込んだ。短時間で一気に飲んだアルコールが回りつつあり、心地よい倦怠《けんたい》が全身を覆っている。

「じゃじゃ馬か」

流れる車窓の風景を見ながらぽつりと呟いた己の姿が、窓ガラスに映っていた。

『なんですその格好は』

呆れたとしかいえない冷たい眼差しを向けてきた遠宮の端整な顔が高円寺の脳裏に蘇る。

あれも彼なりの愛情表現だったのだろうか――さすがにそれはないか、と笑う自分の胸がやたらとときめいてしまっていることに戸惑いを覚えつつ、高円寺は逸る気持ちを抑えながら、車が遠宮の家に着くまでの間、後ろへと流れる新宿の街並みを見つめ続けた。

9

遠宮は神楽坂《かぐらざか》の官舎のマンションに住んでいた。勢い込んで来たはいいが、在否《ざいひ》も確かめなかったな、と高円寺は番地をたどり到着したドアの前に立ち竦み、『遠宮』と書かれた表札を見上げていた。

いなけりゃ出直すまでだ、と彼らしい楽観的なことを思いつつインターホンを押す。

『はい』

インターホン越しに遠宮の声が聞こえてきたとき、聞き慣れたその声のトーンに高円寺の胸はどきりと大きく脈打った。

「突然すまねえ。高円寺だが」

インターホンに口を近づけ名乗ると、

『え』

スピーカーから遠宮が上げた驚きの声が響いてきたあと、プツ、とインターホンが切られる音がした。

「おい?」

普通いきなり切るか、と高円寺は憤慨しつつ再びインターホンを鳴らそうと指を伸ばしたのだが、そのとき玄関のドアが開いたものだから、高円寺は慌ててドアへと視線を向けた。

小さく開いたドアの中から、遠宮が驚いた顔で高円寺を見つめている。

「どうも」

遠宮は帰宅したばかりなのか、スーツの上着だけを脱いだ姿だった。高円寺が軽く頭を下げると、初めて我に返ったような顔になり、

「待て」

と再びドアを閉めてしまった。かちゃかちゃという音でチェーンを外していることはわかったが、このままドアが開かないのではないかと案じている自分に気づき、高円寺はあまりにらしくない臆病さに笑ってしまった。

案じるまでもなくドアはすぐに開いた。

「どうぞ」

いつものまるで感情が窺《うかが》えぬ仮面のような表情の遠宮が、高円寺を中へと招き入れてくれたのに、

「邪魔するぜ」

と高円寺もいつものがらがら声を張り上げ、導かれるままにリビングダイニングへと向かった。

「どうした」

座れ、と総革張りのソファを示され、高円寺が腰をかけると、遠宮は彼の前に腰を下ろし、じっと顔を見つめてきた。

「……いや、なんてえか……その……」

本当に遠宮は自分に対し恋愛感情を抱いているのか——矢も盾《たて》も堪らずそれを確かめたくなり彼の家を訪ねはしたが、いざ面と向かって来訪の理由を問われてしまうと、なんと切り出してよいのやらと高円寺はそれこそらしくなく口籠もった。

「なに？」

目の前の遠宮の顔には相変わらず表情がない。が、彼が膝の上で組んだ手が微かに震えていることに気づいた途端、高円寺の中でそれまでの逡巡が嘘のように吹き飛んだ。

「あんた、俺のことが好きなのか？」

「なっ……」

我ながらストレートすぎたか、と一瞬後悔を覚えるほど、遠宮は驚いた顔になった。無表情だった白皙の顔が一気に紅潮してゆく。

しまったな、と思いはしたが、もとより言葉を飾るどころか婉曲《えんきょく》な言い方などできないことは、高円寺は自分が一番よく知っていた。

「……確かめたいと思ったら、どうにも我慢できずに来ちまったんだが」

「……馬鹿な」

ぼそりと告げた高円寺の声に、遠宮の掠れた声が被さった。

「馬鹿かね」

「ああ、馬鹿馬鹿しすぎて笑えもしないくらいだ」

遠宮の口調はいつものもの、人を見下したようなものであったが、膝の上で組まれた彼の手の震えは先ほどよりも大きくなっていた。

「……そうか」

自分でも説明のできない衝動が高円寺の内に芽生え、気づいたときにはソファから立ち上がり、身を乗り出して遠宮の手を摑んでしまっていた。

「……おいっ……」

いきなりの高円寺の行動に、遠宮が驚きの声を上げ、非難がましい目を彼へと向けてくる。

「……俺はどうやら、あんたに惚れかかってるみたいなんだが」

「……え……」

高円寺がその言葉を告げた瞬間、遠宮の顔から仮面が外れた。ぽかん、と口を開け唖然として己を見上げている遠宮の手を強く引いて立ち上がらせるのと同時に、高円寺は長い脚で前のテーブルを跨《また》ぐと、言葉を失っている彼の身体をその場できつく抱き締めた。

「……」

　びく、と遠宮の身体が高円寺の腕の中で震える。

「……あんたはどうなのかな」

　背中から腰へと片手を滑らせ、形のいい尻をぎゅっと握る。再びびく、と身体を震わせた遠宮の耳元で囁いた高円寺に、答えた遠宮の言葉があまりに彼らしく、高円寺は思わず噴き出してしまった。

「……あなたに答えなければならない義務はない」

「上等だ」

　あはは、と笑った高円寺が遠宮の身体を放す。腕を解いた途端、縋るような目で己を見上げてきた遠宮の頬を高円寺は両手で包んだ。

「……素直になったほうがいいぜ、女王様」

「誰が女王だ」

　キッときつい目で高円寺を睨んだ遠宮は、それでも高円寺がゆっくりと顔を近づけるのを避けることはしなかった。

「……っ……」

　唇を合わせると、開いた唇の間、高円寺が舌を挿《い》れるより前に自ら舌を絡め、強く吸い上げてくる。その積極的なキスに逆に高円寺が戸惑い身体を引こうとしたのを、遠宮の両手が高円寺の背へと回り、ぐい、と己のほうへと抱き寄せた。

やはり女王、主導権を握るのが好きらしいと心の中で苦笑しつつ、高円寺も遠宮の背を抱き締め返し、貪《むさぼ》るように唇を合わせ続けた。

「……んっ……」

唇の端から零れる唾液を舌で追おうとするのに遠宮の舌が絡みつき、キスの継続を求めてくる。高円寺の太股《ふともも》へとわざとすり寄せてくる彼の下肢は既に熱をはらんでいて、気づいた高円寺が尻を摑んで引き寄せると、合わせた唇の間から遠宮は微かに声を漏らし、高円寺の背に回した手にぎゅっと力を込めてきた。

ベッドへ行こう、と誘うために唇を外そうとするのだけれど、そのたびに遠宮がそうはさせまいとしがみつくのに、次第に高円寺は焦れてきた。遠宮同様、彼の雄も既に形を成しつつある。互いに求めることはひとつだろうにと思いつつ強引に唇を離すと、高円寺が口を開くより前に、遠宮が掠れた声で囁いてきた。

「寝室は後ろのドアだ」

「……仕切りたがりだねえ」

あはは、と声を上げて笑った高円寺の背を遠宮は痛いくらいの力で抓《つね》り上げた。

「……っ」

容赦のかけらも感じられないその痛みに顔を顰めた高円寺は、

「その上サドっ気もあるってか?」

と自分の背中に腕を回し、遠宮の手を摑んで外させる。

「セックスのときに軽口を叩く趣味はないんだ」

「会話するのは下の口だけでいいか？」

下卑たジョークを口にした高円寺に、じろりと凶悪な視線を向けた遠宮が彼の頰を張ろうと手を上げる。

「おっと」

今度はその手を捕らえた高円寺は遠宮を己のほうへと引き寄せると、その場で彼を抱き上げた。

「下ろせ」

「女王様をベッドまでお連れするには、やっぱりこうじゃなきゃな」

「『女王』という呼称も好きじゃない」

教えられたドアへと真っ直ぐに向かい、遠宮を抱いたまま器用にノブを回すと、遠宮が手を伸ばし部屋の電気のスイッチを入れた。

「広いベッドだねえ」

物らしい物が何もない室内、キングサイズと思われるベッドが部屋の中心で存在を主張している。

「人の一生で一番時間を費やすのは睡眠だ。快適な空間を演出して何が悪い」

高円寺の腕に抱かれたまま、遠宮が淡々とした口調で言うのは、別にパートナーがいるわけではないことを伝えたいからなのだろう。

「なんでそう喧嘩腰になるかね」

やれやれ、と高円寺は溜め息をついたが、口で言うほどの反発は既に覚えていなかった。遠宮の天《あま》の邪《じゃ》鬼《く》加減に慣れてきたからである。

「そのつもりはない」

「ま、多少尖がってるほうが俺の好みではあるがね」

「あなたの好みなど聞いちゃいない」

互いに気持ちは盛り上がっているはずなのに、とてもこれから行為になだれ込もうという雰囲気の会話じゃないなと、ＴＰＯには誰より無頓着なはずの高円寺すら苦笑したやりとりは、彼が遠宮をベッドにそっと下ろしたあとにも続いた。

「まったくもう、なんでこんな口の悪い女王に惚れたのかと思うね」

言いながら高円寺は、己の言葉にびく、と身体を震わせた遠宮の上に覆い被さってゆく。唇を合わせようと近づけていくと、遠宮の手が伸びてきて指先で高円寺の唇を押さえた。

「なによ」

「『女王』と呼ばれるのは好きじゃないと言っただろう」

高円寺を睨み上げた遠宮の瞳はやけに煌き、頬はやたらと紅潮していた。瞳の輝きは涙を湛えているからだと気づいた途端、高円寺の胸に素直になれない天の邪鬼の上司への愛《いと》しさが急激に溢れてくる。

「……ならなんて呼ぼう。『課長』？」

「……萎《な》える」

「なんでも好きに呼んでやるぜ。名前か？」

「…………」

遠宮は一瞬何かを言いかけたが——多分自分の希望を言おうとしたと高円寺は思った——すぐにふい、と高円寺から顔を背けると、

「馬鹿馬鹿しい」

ぼそりと小さな声で呟いた。筋金入りの意地っ張りだと高円寺は心の中で苦笑すると、

「太郎《たろう》ちゃん……てのも可愛いよな」

遠宮の頬に手を添えて上向かせ、再び視線を合わせようとした。

「『ちゃん』は余計だ」

「……太郎」

男らしい名前だ、と言おうとしたが、また拗《す》ねられては面倒だと高円寺は口を閉ざし、遠宮の額に、頬に唇を押し当てるようなキスをした。

「…………」

遠宮が小さく何かを呟き、両腕を高円寺の背に回してくる。

「なに」

「…………久茂《ひさも》」

「……照れるな」

自分の名前を把握しているとは思わなかったという感想も、高円寺は心の中に留めると、唇を重ねながら彼のタイを緩めていった。

「……んんっ……」

遠宮の手が背中から前へと回り、高円寺のシャツのボタンを外し始める。多くの社会人の常識である下着代わりのＴシャツを身に着けてない高円寺の裸の胸が露になると、遠宮は両掌で高円寺の胸の突起を擦り上げるように胸を撫《な》で回してきた。

「よせ」

くすぐってえ、と高円寺は唇を離して笑うと、遠宮の両手を掴んで自分の胸から外させる。

「これは胸を弄れって要請か？」

「……別に」

ふいとまたそっぽを向いてしまった遠宮だが、手早く服を脱ぎ始めたところを見ると、機嫌を悪くしたわけではなさそうだった。

「人間、素直が一番よ？」

無駄とわかりつつ高円寺はそう笑うと、自分も服を脱ぎ始める。

「胸だよな」

「うるさい」

全裸になった遠宮をベッドに再び押し倒し、高円寺が笑いかけたのに、遠宮はその美しい眉を顰めた仏頂面で答えたのだが、やがて高円寺が胸の突起を口に含み胸への愛撫を始めると、早くも声を漏らし始めた。

「あっ……やっ……」

腰をくねらせ、身悶える彼の仕草が煌々《こうこう》と明かりの灯る下、やたらとエロティックに高円寺の目に映る。

口ではなんやかやと文句めいたことを言っていたが、既に遠宮の身体も心も高まりきっていたようで、高円寺が片胸を擦り上げながらもう片方に軽く歯を立ててやると、耐えきれぬような声を上げ、広いベッドの上で身体を捩《よじ》った。

「あっ……はぁっ……あっ……」

最初から大きく開いていた脚を高円寺の腰へと回し、ぎゅっとしがみつくようにして下肢をすり寄せてくる。早く、という意思の表れなのだろうが、意識的な所作なのか、はたまた無意識の所作なのか、高く喘ぎ続ける遠宮の顔からはどちらとも判断できなかった。

「ああっ……あっ……んんっ……」

己の背中に手を回して脚を外させ、唇を胸から腹へと滑らせてゆく。前のように『まだ胸を』などという声が飛んでくるかなと思ったが、今日の遠宮にはその余裕がないようで、高円寺が勃ちきった彼の雄を口に含むと悲鳴のような声を上げ、更に激しく身悶え始めた。

「ああっ……あっ……あっ……あっ」

遠宮の興奮が高円寺にも伝染したのか、彼の雄も腹につくほどにすっかり勃ち上がっていた。まだ行為を始めたばかりだというのにと苦笑しつつ遠宮の雄をしゃぶり始めた高円寺の髪を遠宮が摑む。上を向けということかと彼を口に含んだまま顔を上げると、遠宮は半身を起こし、身体の向きを変えようとした。

「……?」

何がしたいのかと高円寺が彼を放して見守る中、遠宮の手が高円寺の脚へと伸び、こっちへ、と引き寄せてくる。

「……ああ」

互いに互いのものを口でしよう、ということなのだろうと高円寺は察したが、そうですかとその誘いに乗るのはさすがの彼も戸惑った。

サービス精神は旺盛であったが、自身がサービスを受けるのには遠慮を感じてしまう、という損な性格の持ち主である高円寺らしい逡巡だったのだが、遠宮は動こうとしない高円寺に焦れ、自ら身体を動かし望むとおりの体勢を作り上げてしまった。

「おい……っ」

よせよと動くより前に遠宮は頭を持ち上げ、勃ちきった高円寺の雄を口へと含んでしまった。う、と高円寺は一瞬遠宮の口内のあまりの熱さに低く呻《うめ》いたのだが、ここまでされては乗るしかないかと彼も遠宮のそれを口へと含み、手で、唇で、舌先で攻め立て始めた。

「……っ……んっ……」

高円寺のものが大きすぎるからか、遠宮が息苦しさを感じているような声を出す。喘《あえ》ごうにも口の中がいっぱいで呼吸もできないのではと高円寺は彼の上から退《ど》こうとしたが、遠宮は高円寺を放そうとしなかった。

「……知らねえぞ」

自分の下肢へと顔を埋《うず》める遠宮に、高円寺はそう声をかけると、再び彼の雄を攻め立て始めた。

「……っ……んんっ……んっ……」

尻を摑んで引き寄せると同時に、既にひくついている蕾《つぼみ》にぐい、と指を挿入してゆく。一本、二本と指の本数を増やし、激しく中をかき回してやりながら口では彼を攻め続ける高円寺の身体の下で、遠宮はついに耐えきれなくなったのか高円寺を口から放し、高く喘ぎ始めた。

「ああっ……やっ……あっ……あっ……あっ」

高円寺自身も既に我慢の限界だった。実際遠宮は高円寺の雄を口に含んだくらいのことしかしなかったのだが、それだけでも高円寺にとっては充分満足で、素早い動作で彼の上から退くと身体の向きを変え、遠宮の両脚を抱え上げた。

「あっ……」

そのまま一気に奥まで貫くと、遠宮の上半身がシーツの上で跳ね上がった。既に彼の雄は先端から先走りの液を零し、彼の腹にぬめる光を与えている。

「あっ……はぁっ……あっ……」

高く声を上げながら、遠宮が抱えられた両脚を高円寺の腰へと回し、きゅっとしがみついてくる。更に奥へと誘うその動きに応え、高円寺が腰を突き出すと、遠宮は自らも激しく腰を揺すり、ますます高く喘ぎ始めた。

「はあっ……あっ……あっ……あっ……」

我を忘れて乱れまくる遠宮の煽情《せんじょう》的な姿に、高円寺の理性も吹き飛んだ。欲望の赴くままの激しい高円寺の突き上げにキングサイズのベッドが揺れ、ぎしぎしとスプリングの軋《きし》む音が室内にうるさいほどに響き渡る。

「ああっ……あっ……あっあっあっ」

高円寺の力強い腰の律動に、次第についていけなくなったらしい遠宮が、いやいやをするように首を横に振り始める。

既に彼の意識は朦朧《もうろう》としているのか、美しい瞳の焦点が合っていない。そろそろ限界かと高円寺は遠宮の片脚を放すと、二人の身体の間に手を差し入れ、精を吐き出すのを待ちかねているようにびくびくと震える彼の雄を勢いよく扱《しご》き上げてやった。

「あっ……あぁっ……あぁぁっ……」

遠宮の背が大きく仰《の》け反《ぞ》り、上がる嬌声が一段と高くなった、と同時に高円寺の手の中で彼は達し、二人の腹に白濁した液を飛ばした。

「……くっ……」

途端にひくひくとまるで壊れてしまったかのように彼の後ろが高円寺の雄を締めつけるのに、高円寺も堪らず低く声を漏らし、彼の中に精を放った。

「…………っ……」

はあ、と大きく息を吐き出した高円寺の身体の下で、うわごとのように遠宮が何かを呟いている。

「なに?」

中に自身を収めたまま、高円寺が遠宮へと身体を落とし、微かに開いた唇の間から漏れる言葉を聞こうとした。

「……キスを……」

ぜいぜいと乱れる息の下、なんとか声を絞り出すようにして告げた遠宮が、高円寺の頭を抱

えるように両手を伸ばし、引き寄せようとする。

「……了解」

くすりと笑った高円寺が唇を寄せてゆく。そんな高円寺の頭を抱き寄せ、貪るように唇を合わせてくる遠宮の行為の激しさはそのまま、言葉にできない彼の想いなのだろうというのはあまりに勝手な解釈か——ちらとそんなことを考えた高円寺も次第に遠宮とのくちづけに没頭していき、汗も引かぬうちに再び共に迎える絶頂を目指し、行為にのめり込んでいったのだった。

今日もまた遠宮は途中で意識を失い高円寺を慌てさせた。人の家の中を勝手に歩き回るのは悪いと思いつつも、せめて水と濡れタオルくらいは用意してやろうと、高円寺は床に落とした下着だけ身に着け、キッチンへと向かった。

冷蔵庫から出したエビアンのボトルを手に洗面所へと向かい、タオルを濡らして寝室に戻る。冷たいタオルを額に載せてやると、遠宮は、

「ん……」

と小さく呻き、薄く目を開いた。

「大丈夫か」

高円寺の呼びかけに、遠宮がゆっくりと首を縦に振る。

「水、飲むか」

エビアンのボトルを示すと、遠宮はまたゆっくり首を縦に振ったあと、小さな声で、

「飲ませてくれ」

と言い、目を閉じた。

「………」

起き上がる気力も体力もないのだろうと高円寺はボトルのキャップを捻《ひね》ると、ひとくち含み、遠宮に覆い被さっていった。

唇を合わせ、水をゆっくりと注ぎ込むと、こく、と遠宮の喉が小さく鳴った。

「もっと飲むか?」

「……ああ」

今度は少し多めに水を口に含み、高円寺は再び遠宮と唇を合わせ、それを注ぎ込んでやる。

「………」

白い喉が上下している。喉が渇いていたのだなと高円寺が身体を起こし、三度水を口に含もうとしたそのとき、

「……久茂……」

遠宮に掠れた声で呼びかけられ、高円寺は手を止めて彼の顔を見下ろした。

「なに?」

「……この先、二度と言わないと思うが……」

「え?」

突然なんの脈絡もなく話し始めた遠宮に、まだ意識が朦朧《もうろう》としているのかと案じた高円寺が近く顔を寄せ、様子を窺う。目を閉じているために幼くさえ見える顔は、今までの激しすぎる行為のせいで酷く疲れているようだった。

大丈夫か、と高円寺が問いかけようとしたとき、遠宮の唇が微かに開いた。

「……初めて会ったときには、なんて常識のない男だと思った」

「…………」

うわごとにしては遠宮の口調はしっかりしていた。喋《しゃべ》り続けるのは辛いのか、そこでまたいったん口を閉ざしたが、大きく息を吐き出したあと、再び口を開いた。

「とても刑事には見えない服装も、ルールを遵守《じゅんしゅ》しないのが当たり前と思っている態度の悪さも、何から何まで気に入らないと思っていたはずだった」

「……なんでえ、俺のことか」

刑事課内でヤクザめいた服装をしているのは高円寺一人だった。今更また説教でもされるのかと高円寺は、やれやれ、と密かに肩を竦めたのだが、遠宮が少し休んだあと、告げた言葉は『説教』ではなかった。

「……顔さえ見れば叱責しかしない僕を、次第にあなたは避けるようになっていった。当たり前の話なのに、そのことに自分が傷ついていると気づいたとき、僕は初めて自分の想いを自覚した」

「……え？」

もしや——高円寺の胸には今やある種の期待が芽生えていた。ずっと知りたいと思っていた遠宮の胸の内を、今、まさに彼は自ら語ろうとしているのではないかと気づいた高円寺は、思わず唾を呑み込み、続く遠宮の言葉を待った。

「……初めて会ったときから、強烈にあなたに惹かれていたのだと思う。あなたの一挙一動が気になって仕方がなかったのも、ずっとあなたばかりを見ていたからだ」

「…………」

どう相槌を打っていいかわからず、高円寺は目を閉じたまま小さな声でぽつぽつと語る遠宮の、端整という言葉だけでは足りぬほどの美しい顔をただ見つめてしまっていた。

まさに信じられない話だった。遠宮の言うよう、顔を合わせればそれこそ箸《はし》の上げ下ろしにまでクレームをつけてきた彼には、高円寺はてっきり一から百まで嫌われているのだとばかり思っていた。

それらがすべて、自分への愛情の裏返しだと言われて戸惑いを覚える反面、高円寺もまた、もしかしたら自分も同じだったのではないかと己を振り返った。

自分にとって遠宮は、口うるさい上司というだけの存在でなかったから、あそこまで反発を覚えてしまったのではないかと——。

「……久茂……」

遠宮の唇が微かに動き、高円寺の名を呼ぶ。

「なんだ」

高円寺が手を伸ばし、指先を遠宮の唇へと寄せる。

「……好きだ……」

ほとんど聞こえないような声で遠宮が告げた言葉は、微かな吐息と唇の震えとともに高円寺の指先から胸へと伝わっていった。

「……それも二度と言わねえつもりか？」

人差し指で遠宮の唇をなぞる高円寺の前で遠宮が薄く目を開け、小さく微笑む。

「多分ね」

「可愛くねえな、おい」

呆れたようにそう言いながらも高円寺はゆっくりと遠宮に覆い被さり、唇で唇を塞いだ。

「ん……」

両腕を高円寺の背に回し縋りついてくる華奢な身体を力強く抱き締める。高円寺の胸には、素直さからは程遠いこの『可愛くない』上司への愛しさが溢れていた。

「高円寺さん、なんです、その服装は」

「『なんです』って、変か？」

高円寺への注意は愛の裏返しだったと告白した遠宮であったが、想いが通じ合ったあとになっても高円寺の生活態度から勤務態度に至るまで、一から百までクレームをつけるという彼の行為がやむことはなかった。

今朝も今朝とて出署早々高円寺は廊下で遠宮に呼び止められ、朝から嫌味をたっぷり含んだ説教を聞かされているのである。

「『変』でなければ意見などしません。それに落合《おちあい》の窃盗事件、報告書がまだですが？」

「……あのさあ」

周囲に人がいないことを確認したあと、高円寺は屈み込み、遠宮の耳に唇を寄せた。

「もう『注意』にかこつけて、俺にちょっかいかける必要ねえんだぜ？」

「馬鹿なこと言ってないで、早く報告書を提出するように」

こそ、と囁いた高円寺の胸を片手で軽く押し上げ、遠宮がじろりと彼を睨み上げる。

「馬鹿なんて、傷ついちゃうわ」

「……新署長は規律に厳しい人だからね。不必要に目をつけられないようにという、上司としての配慮だ」

上条が遠宮に教えたとおり、田野倉は暴力団との癒着が上層部で問題になり、閑職へと左遷された。表立って問題にこそされなかったが、前任のダーティなイメージを払拭《ふっしょく》しようと、今般異動してきた新署長は、四角四面、融通がまったく利かなそうな、真面目だけが取り得というタイプだったのである。

「上司としての配慮より、愛のある優しさが欲しいぜ」

ぶつぶつ言う高円寺に、今度は遠宮が素早く辺りを見回したあと背伸びをし、軽く唇を押し当ててきた。

「おい」

まさか署内で唇を奪われるとはと、さすがの高円寺も驚き、目を見開いたその前で、すぐに唇を離した遠宮がにっと笑った。

「訂正しよう。上司としての愛だ」

「……そういう愛なら大歓迎だぜ」

再び唇を合わせようと高円寺が遠宮の背に腕を回す。と、遠宮は高円寺の胸を今度はどんと強く押しやると、

「神聖な職場で」

と彼を睨み、踵を返した。

「そっちが先にしてきたんだろうが」

すたすたと速足で遠ざかってゆくその背に、何が『神聖な職場』だと呆れた声を上げた高円寺を、遠宮が足を止めて振り返る。

「続きは夜だ」

「……かなわねえなあ」

扱いにくいことこの上ないと、溜め息をつく高円寺の顔はそれでも笑っていた。

まさにじゃじゃ馬――飼い慣らすよりは、高円寺が調教されてしまうのではないかと悪友たちに笑われながらも、九歳も年下の恋人にいいように振り回されるという得難い体験を高円寺は今、満喫している。

オカマの純愛

「よお、邪魔するぜ」

カランカランとカウベルの音を響かせ、新宿《しんじゅく》二丁目のバー『three friends《スリー フレンズ》』のドアを開いた高円寺《こうえんじ》は、いつもと違う店内の雰囲気に入り口で一瞬立ち止まった。

「痛《いて》えなあ」

余所見《よそみ》でもしていたのだろう、勢い込んで後ろからやってきた上条《かみじょう》が高円寺の背にもろにぶつかり、邪魔だといわんばかりに拳《こぶし》で彼を小突いてくる。

「あら、いらっしゃい」

カウンターの中、この店の店主であるミトモが陽気な声を上げたのと同時に、それまで彼の前に座っていた男が立ち上がった。

「それじゃ」

「ええ。さよなら」

男が財布から一万円を出しカウンターに置いたのをちらと見たミトモが、にこ、と男に微笑《ほほえ》んでみせる。男もミトモに笑顔——というには、唇の端を上げただけという事務的なものだったが——を向け、ドアへと向かって来た。

「……」

やはり『彼』だったかと頷《うなず》きながらその巨体で入り口を塞《ふさ》ぐように立っていた高円寺に、男はようやく気づいたようだった。

「あ」

小さく開いた口から、声にはなっていない呟《つぶや》きが漏れる。

「よお」

「どうも」

高円寺が男に片手を挙げると、男は高円寺の前で深々と頭を下げた。

「いろいろとご迷惑をおかけしまして」

「……釈放になったのか」

「はい」

高円寺の問いかけに男は短く頷くと再び、

「申し訳ありませんでした」

と彼の前で深く頭を下げ、それでは、と店を出ようとして、相変わらず店の入り口を塞いでいた高円寺を見上げた。

「おい、邪魔だってよ」

後ろから上条が高円寺をど突き、無理やり彼を店内へと押し入れる。

「ありがとうございましたあ」

男がドアを出る直前、カウンターの中から明るいミトモの声が響いた。高円寺が見守る中、男の足はいったん止まりかけたが、そのまま彼は上条や、その後ろに控えていた中津《なかつ》の前をすり抜け、店を出ていってしまった。

「いやあねえ。そんなところにいつまでも突っ立って、何してるのよお」

「まったくだ。でくの坊じゃねえんだからよ。おめえみたいな図体のでけえ男がドア塞いでちゃ、営業妨害だぜ」

上条が高円寺の背に蹴りを入れる。口調はふざけてはいたが、彼の目は探るように高円寺の顔を見上げていた。

「本当よねえ。とっとと中入んなさいよ」

同時に上条の探るような目は、カウンターの中、外国人モデルのように整った顔——を作っている、ミトモにも注がれる。

「なによう」

カウンターにコースターを三枚並べながら、上条の視線に気づいたミトモが陽気に声をかけてきた。高円寺と上条、中津が並んでスツールに腰を下ろすと、ミトモはボトルを出そうと後ろの棚を振り返り、そうそう、と思い出したような声を上げた。

「こないだのヘネシー、ヒサモが新宿サメと飲んじゃったんだけど、ニューボトルでいいかしら」

「てめえ、飲んだら入れとけよ?」

上条が高円寺の頭を叩《たた》く。

「痛えなあ。入れたよ」

高円寺がようやくいつもの調子を取り戻し、上条の頭を叩き返した。

「じゃあなんでねえんだよ」

「それも飲んじまったんだよ」

「それじゃあ意味ないじゃないか」

やれやれ、と中津が肩を竦《すく》め、店には笑いが溢《あふ》れたが、その笑いはどこかぎこちない響きがあるとその場にいた皆が思っていた。

「それにしても三バカトリオ揃《そろ》い踏みとは、あんたたちも相当暇なのね」

そんなぎこちなさを吹き飛ばすように、ミトモがいつものようにへらず口を叩いてきた。

「暇なわけねえだろ。今日は特別よ」

「中津に性生活のレクチャーを頼まれてよう」

「馬鹿言ってんじゃないよ」

高円寺と上条がふざけるのに、中津が呆《あき》れた声で突っ込みを入れた。

「確かに呼び出しはしたが、用件は仕事の話だっただろう?」

「まあ、あんたたちのレクチャーじゃねえ」

ミトモが自分用にビールを開け――言うまでもなくそれは客の伝票につけられるのだが――にやにや笑いながら肩を竦めてみせる。

「なんだよ」

「役に立たないんじゃないのぉ？　リューモンってノーマルなセックスしそうだしさ」

「失敬な、俺たちのセックスがアブノーマルだとでもいうのかよ」

口を尖《とが》らせた上条に、

「まあ、おめえはな」

横から高円寺が茶々を入れる。

「馬鹿野郎。りゅーもんみてえな真面目《まじめ》そうな野郎こそ、夜は豹変《ひょうへん》すんじゃねえか。なあ、中津」

「そうそう、縄とか道具とか持ち込んだりしてよう」

「いやあん、毎夜繰り広げられる性の饗宴《きょうえん》ってやつね」

「いい加減にしなさい」

わっと場が沸く中、中津は少しの顔色も変えず、じろ、と冷たい視線で騒ぐ彼らをねめつけた。

「さ、それじゃ、中津ちゃんのめくるめく性生活を祝って、かんぱーい！」

「……祝われてもねえ」

苦笑して答えた中津もまた探るように、陽気にグラスをぶつけてくるミトモの顔を見返している。

「……いやあねえ」

ミトモはそんな中津を、そして上条と高円寺を見返すと、やれやれ、というように笑って小さなグラスに注いだビールを一気に空けた。

「刑事に検事に弁護士相手じゃあ、オカマのアタシには分が悪すぎるわよ」

「……三上《みかみ》、なんだって？」

空けたグラスにビールを注ぎ始めたミトモの手は、高円寺の問いかけにぴた、と止まった。

「やっぱりさっきのが『三上』か」

上条の声にミトモは「ええ」と頷くと、作ったポーズでグラスを目の高さまで持ち上げ、中の液体を見つめながら口を開いた。

「故郷《くに》に帰ることにしたんですって。今、森脇《もりわき》代議士逮捕で組がごたついてるせいか、案外するっと抜けられたらしいわ」

「……そうか」

かつてミトモと三上の『別れ』も、三上が東京を離れることであったと知っていた高円寺は、今のミトモの心境を思い頷くだけだったのだが、横に座る上条はその経緯《いきさつ》を知らない。

「しかしなんだってあいつ、殺人犯の身代わりなんて引き受けたのかねえ」

水割りを舐めながらそう首を傾《かし》げた上条は、次の瞬間、

「痛っ」

と大きな声を上げた。カウンターの下、高円寺が力いっぱい足を蹴ったのである。

「何しやがる」

「うるせえってことだよ」

「ああ、もう二人ともいい加減にしろよ」

そのまま互いの胸倉を摑《つか》み合う取っ組み合いになりそうなのを、中津が慌てて後ろから高円寺の身体を押さえ込んで制しようとする。

「いいのよ、ヒサモ、そんなに気ィ遣わなくても」

カウンター越しにミトモも身を乗り出し、高円寺と上条の間に割って入った。

「ひーちゃんにも中津ちゃんにも、今回世話になったんだもの。事情くらい説明するわよ」

「いいや、別に俺も無理にとは……」

さばさばした顔で話し始めたミトモに、上条が慌てて声をかける。

「全然無理じゃないわよう」

ミトモは、あはは、と笑うと手の中のビールを一気に飲み干し、笑顔のまま口を開いた。

「三上さんには五つ下の弟さんがいるんだけど、この子がなんていうか、真面目な三上さんとは正反対の、フラフラした子でね。アタシと三上さんが出会った頃に、兄さん頼って田舎から出てきたんだけど、フラフラしてるうちに悪い仲間にそそのかされて、ヤクザの下請けで覚醒《かくせい》剤《ざい》売買に手を染めるようになっちゃったのよ」

「へえ」

その話は高円寺も初耳だった。そういえば三上は今、弟と二人暮らしだったと彼の整理整頓されたアパートの部屋を思い出しつつ相槌《あいづち》を打つ。ミトモはまた空いたグラスにビールを注ぎながら、話を続けた。

「そのうち売ってるだけじゃなくて、本人も相当のシャブ中毒になってしまって、それで三上さんは弟連れて、故郷に帰ることにしたのよ。当時、会計士になる勉強中で、試験もいくつか受かってたんだけどねえ」

兄不幸よね、とミトモが綺麗《きれい》に描いた眉《まゆ》を顰《ひそ》める。

「しかしなんだってその三上がまた、東京に出てきたんだ？」

上条の問いに、ミトモはますます眉間の縦皺《たてじわ》を深め、吐き捨てるようにこう言った。

「浩二《こうじ》の……弟のせいよ。またあいつが東京に舞い戻って、同じヤクザに引っかかったのよ。せっかく苦しい思いして中毒症状からも抜け出したっていうのに、あっという間にまたシャブ中に逆戻りでね。三上さんは弟を取り戻しに行ったんだけど、その弟が組で何か粗相《そそう》したって因縁つけられて、弟を五体満足のままでいさせたいのならって、組の会計手伝わされるようになったんだそうよ」

「麗《うるわ》しき兄弟愛だが、そんな弟、放っておいたほうがいいんじゃねえのかなあ」

「そうだね。五つ下でも立派に成人しているんだろうし。自分のしでかしたことの責任は自分で取らせたほうが弟さんのためにもなると思うんだけどな」

上条と中津の相槌に、ミトモは「そうね」と頷いたあと、

「それができないのが、三上さんなのよね」

苦笑するように笑い、肩を竦めてみせた。

「今回の『身代わり』も、弟の命と引き換えだったんですって。他に刑務所に行ってハクつけたい若い衆がごろごろいるはずなのに、なぜか三上さんにお鉢《はち》が回ってきちゃったのよ。シャブ漬けにされた弟をどこかに監禁されちゃって、断ることができなかったって。酷《ひど》い話よねえ」

「……本当になあ」

ミトモの瞳《ひとみ》には、彼にしては珍しく本気で憤っているのがわかる怒りの焔《ほむら》が燃えていた。喜怒哀楽が激しいように見える彼だが、本心はそう易々とは露《あらわ》にしない。その彼が三上の受けた仕打ちにここまで怒りを面《おもて》に表すとは、と高円寺はある種の感慨を持って、薄暗い店の中、ミトモのきらきらと輝く瞳を見ながら相槌を打った。

「しかし結局『身代わり』の役は果たせなくなったじゃねえか。報復の心配はねえのか?」

上条もミトモの心中を察したのだろう、三上を心配しているらしきことを彼に聞いてきた。

「ええ、今、森脇代議士逮捕で組は上を下への大騒動、御園生《みそのお》組長にもマル暴の手が伸びてて、正直それどころじゃないらしいわ」

「そうか」

「ま、今回の森脇修一《しゅういち》逮捕は三上さんには責任ないし、思ったより簡単に破門してもらえたみたい。それで弟連れてきた、故郷に帰ることにしたんですって」

「………」

ミトモが一瞬、遠くを見るような目になったのを、高円寺は見逃さなかった。

多分ミトモは、昔三上と別れたときのことを思い出しているのだろう、と高円寺は前にこの店で聞いたミトモの言葉を思い出していた。

『アタシについてきてくれって言ってくれたんだけどさ、アタシは新宿《ここ》を離れたくないって断って……それで別れることになったのよねえ』

ミトモは『情報屋』としての自分の信用問題にかかわるような偽証をしてまで、三上のことを助けようとした。かつて愛していた男を冤罪《えんざい》から救おうとしたミトモの『純愛』に高円寺も、彼の仲間たちも心を打たれ、それでひと肌脱いだのだったが、それにしても、と高円寺は、

「まあ、よかったわよね」

と、カウンター越しににっこり笑いかけてきたミトモの顔をじっと見据えた。

「なによ」

「いや」

もしかしたら『かつて』ではないかもしれない、という思いが高円寺の頭に浮かんだのであ

る。

ミトモはまだ、三上のことを愛しているのかもしれない——十数年の時を経て純愛は未《い》だ《ま》継続されているのかもしれないと思ったが、それをミトモに問いかけるほど高円寺は無粋ではなかった。

「なんでもねえよ」

「……」

ミトモは高円寺の聞きたいことがわかったのか、一瞬煌《きらめ》く瞳を細めるようにして笑ったあと、「まあ、なんにせよ、めでたしめでたしってことよ」

そう言い、グラスのビールを一気に呷《あお》った。

「終わりよければすべてよし——今夜は飲もうぜい」

高円寺も氷がとけかけ、ロックが『水割り』状態になっていたグラスを一気に呷ってみせる。

「いいね」

「どうせ今夜のボトルは高円寺のオゴリだ」

中津と上条も何か感じるところがあったのだろう、明るい声で相槌を打つとそれぞれにグラスを空け、タン、と音を立ててカウンターに下ろし、ミトモに酌を求めた。

「ちょっと待て、なんで俺のオゴリなんだよ」

高円寺が上条の胸倉を摑む。

「当たりめえだろ。おめえが飲み切っちまったんだからよ」

「いやん、ひーちゃんそんなご無体な」

途端にシナを作った高円寺に、ミトモと中津が爆笑した。

「そうだ、ひーちゃんとヒサモちゃん、W《ダブル》ひーちゃんの性生活レクチャー、是非是非聞かせてほしいわあ」

「仕方ねえなあ。中津、しっかり聞いとけよ?」

「だからなんで僕に振るんだよ」

場はまた一気に下品な下ネタで盛り上がる。高円寺もがらがら声を張り上げ陽気に騒ぎながら、それでも時々明るく茶々を入れるミトモの顔に、彼の心を表すような影が浮かばないかとついつい見やってしまっていた。

そのうちに深夜を回り、店が本来の客層——ここは新宿二丁目のホモバーである——で混み始めたのを機に、三人のうち二人が『新婚家庭』を持つ三バカトリオは店を出ることにした。

「じゃ、今日の勘定はこっちの『ひーちゃん』に」

あはは、とミトモが笑って、高円寺に小さな紙に書いた金額のメモを示してみせる。

「ツケといてくれ」

「ウチはツケはやらないのよう」

はい、と手を出したミトモに、高円寺はぶつぶつ言いながら一万円札を二枚手渡した。

「毎度お世話様」

「あのよう」

釣りを渡してくるミトモの耳元に高円寺は口を寄せる。カランカランと上条と中津が店を出たカウベルの音が店内に響き渡っていた。

「なに?」

「……大丈夫か?」

「え」

ミトモは少し驚いたように目を見開いたが、やがて「やあねえ」と笑顔になると、手にしてた釣りを高円寺の掌《てのひら》に押しつけた。

「平気よ」

「……お前には借りがあるからよう」

「………」

ぼそ、と高円寺が囁《ささや》く言葉に、ミトモは更に驚いたように目を見開くと、

「ばーか」

高円寺の頬《ほお》を両手でぺちぺちと叩き、けらけらと笑い始めた。

「……ミトモ……」

「平気だって言ったでしょ。アタシを誰だと思ってるのよ。伊達《だて》に新宿で十年も看板掲げてな

いわよう」

「サバ読むな。二十年だろ？」

ミトモの明るい口調に合わせ、高円寺もわざと茶々を入れてやる。ミトモは、

「失礼ねえ」

と口を尖らせ、また、ぺち、と高円寺の頬を両手で叩いたが、その手は一瞬だけ、高円寺の頬を包み込んだ。

「……ありがと」

「いつでも言ってくれよな。こんな胸ならいくらでも貸してやるぜ」

ミトモが笑顔で手を振るのに高円寺がそうがらがら声を張り上げる。

「そんなこと言っちゃっていいのお？」

わざとらしくミトモが目を見開いたその瞬間、高円寺の胸ポケットの携帯が着信に震えた。

「お」

ディスプレイを見た高円寺は、浮かんだ名前を見てすぐに応対に出た。電話をかけてきたのは彼の上司――兼恋人の遠宮《とおみや》だったのである。

「おう、どうした」

『どこでうろうろしているんです。新大久保《しんおおくぼ》で殺しです。すぐ向かうように』

多分現場からなのだろう、パトカーのサイレンの向こうから、不機嫌さ丸出しの声が響いて

くる。

「すぐ行く」

高円寺が電話を切ると、

「まったくね」

ミトモがにやにやと笑いながら彼の顔を覗き込んできた。

「なんだよ」

「『借り』なんて返しでもしたら、大変なことになるんじゃないのお?」

「………」

確かに——ミトモの言うとおり、彼のやりきれぬ気持ちを受け止めたことがわかったときの遠宮の反応を思うと、高円寺はぐう、と言葉に詰まった。

「しかしヒサモの女王様は、勘がいいわねえ。盗聴器でも仕込まれてんじゃないの?」

あはは、とミトモが笑い、カウンターから身を乗り出して高円寺の首にしがみつく。

「んーっ」

「おい、よせよ」

首筋をきつく吸い上げたミトモの身体を高円寺は引き剝《は》がそうとした。が、ミトモはなかなか高円寺から離れず、周囲の客のからかいの声に包まれる中、高円寺の首筋にくっきりと紅《あか》いキスマークを残したのだった。

「おめえなあ」

「タローちゃんによろしくぅ」

パチリと音が出るほどに濃い睫《まつげ》を瞬《しばた》かせ、ミトモがウインクしてみせる。

「……」

今、彼の顔に憂いの表情が浮かんでいないことに高円寺はなんとなく安堵《あんど》の思いを抱きつつ、

「おう」

片手を挙げ、今度こそ店をあとにした。

「おせえ、おせえよ。もう」

「悪ぃ悪ぃ」

店の外で高円寺を待っていた上条と中津は、店から飛び出してきた彼に非難の声を上げたが、高円寺がこれから現場へ向かうと聞くと、同情し、背を叩いてくれた。

「大変だね」

「頑張れや」

それじゃあ、と悪友たちと手を振り別れたあと、高円寺は新大久保の現場へと向かうべくタクシーを摑まえた。

『まあ、なんにせよ、めでたしめでたしってことよ』

靖国通り《やすくにどお》りの、タクシーの客待ち渋滞に足止めを食ってしまった高円寺の脳裏に、ミトモの声

が蘇《よみがえ》る。

「…………」

明るく振る舞ってはいたが、今夜、店が終わったあとに彼は一人で泣くのではないかと高円寺は動かぬ窓の外の風景を見ながら、一人小さく溜《た》め息をついた。

『それじゃ』

『ええ。さよなら』

高円寺が店を訪れたとき、淡々と別れの挨拶《あいさつ》を交わしていた三上とミトモの心中には、どんな想いが渦巻いていたのだろう――。

ぼんやりとそんなことを考えていた高円寺は、胸ポケットに入れておいた携帯が着信に震えたのにはっと我に返った。慌てて取り出しディスプレイを見て、思ったとおりの名が浮かんでいることに苦笑する。

「……本当に盗聴器でも仕掛けてるんじゃねえか？」

『何馬鹿なことを言ってるんです。今、どこにいる？』

電話の主はやはり、といおうか、高円寺の想い人――で想われ人でもある、美貌の彼の上司だった。

「タクシーで向かってる。靖国通りが大渋滞だ」

『渋滞なら走ってこい』

どうやら高円寺の想い人はあまり機嫌がよろしくないらしく、言い捨てるようにそう告げると、答えも聞かずに電話を切ってしまった。やれやれ、と高円寺は、高飛車な恋人の口調に苦笑する。

傷つくミトモに胸を貸してやりたい思いはあるが、今、高円寺の『胸』は己のものだと占有権を声高に主張する者がいるのである。それがわかっていながら、自分に手を差し伸ばしてきた高円寺に、ミトモは意趣返しをしたのだろう。

「……また荒れんだろうなあ」

窓ガラスに映るぼんやりした像では、どれほどの吸い痕《あと》が残っているのかわからない。ミトモがきつく吸いついてきた部分を掌で擦《さす》りながら、高円寺は心の中で、やりきれぬ想いを受け止めてやれなかったことをミトモに、そして一瞬でも胸の占有権を侵そうとしてしまったことを遠宮に、両手を合わせ詫《わ》びたのだった。

『オカマの純愛』後日談

「よお、いい加減、機嫌直してくれよ」

いつもの過ぎるくらいの元気はどこへやら、高円寺《こうえんじ》が困り果てた声をかけた裸の背は、先ほどからぴくりとも動かない。

「ミトモの野郎が悪戯《いたずら》しやがったんだよ。そのくらいタローちゃんにはお見通しだろ？」

「触るな」

肩を揺する高円寺の手を、振り返りもせずに、ピシャッと叩いたのは、言うまでもなく彼の恋人——兼上司の遠宮太郎《とおみやたろう》である。

「痛《いて》えなあ」

「『ちゃん』づけは好きじゃない。何べん言ったら覚えるんだ」

遠宮と高円寺は、年齢こそ遠宮が下だったが、職場での階級は彼のほうが数段上だった。だから、というわけではないだろうが、九つも年下でありながら、遠宮は高円寺と同等、若《も》しくは上位に立った口調で話す。

高円寺だけではない、刑事課のどんなベテランの刑事に対しても遠宮は上から見下ろすように接していて、彼らから『生意気だ』と陰口を叩かれていた。警察の階級制度は絶対だと頭ではわかっていても、大学を出たての若造に顎《あご》で使われるのを、現場が長いベテラン刑事たちほど面白くなく感じるらしい。

高円寺はそういった『階級制度』にも『年功序列』にも無頓着であるから、遠宮に対してもベテラン刑事に対しても、そして入ったばかりの新米に対しても、同じような態度で接する。ベテラン刑事から見ると彼のタメ口は『態度が悪い』ということになるはずなのだが、なぜか『高円寺はそういう奴だ』と鷹揚に受け止められ、課内でも人気を博していた。

皆から煙《けむ》たがられるキャリアの遠宮と、皆を盛り立てる現場叩き上げの高円寺の共通点は、二人とも驚くほどに整った顔立ちをしているということくらいだった。が、同じ美貌でも遠宮のそれは彼により近寄りがたさを感じさせ、高円寺の美貌は逆に人を惹《ひ》きつけた。

何から何まで正反対といってもいいこの二人の間には、実は恋愛感情があり、その上肉体関係もあると、誰が想像できただろう。

高円寺本人ですらまったく予測していなかったこの関係は、遠宮の不器用なアプローチから始まった。なにかというと突っかかってくる遠宮を、最初高円寺は『いけ好かない奴』と思っていたのだが、それが自分への愛情の裏返しとわかった頃には彼もこの美貌の上司に既に惹かれ始めており、忙しい合間を縫って遠宮の部屋で二人の時を過ごす――一度高円寺が家に遠宮を呼んだことがあるのだが、いつ掃除したかわからぬような部屋の汚さに遠宮がキレ、二度と訪れようとしないのであった――そんな毎日を彼らは送っていた。

絶世の美貌を誇る遠宮は、人を人とも思わぬ女王然とした態度とは裏腹の酷《ひど》く嫉妬《しっと》深い面を持っていた。男であれば『女王』より『帝王』と称するべきであろうが、遠宮には『女王』や『姫』という呼称がよく似合うのである。

これほどの美貌、これほどの中身を持っていながら、自分に自信がないとでもいうのだろうか。はたまた、自分の欲する相手が自分以外に、一瞬目を向けることすら許せないというほどに独占欲が強いのか。

高円寺の見るところ前者ではないかと思うのだが、だからといって高円寺が、心配せずとも自分の想い人はお前だけだなどと言おうものなら、

「馬鹿馬鹿しい」

言葉どおりの、心底人を馬鹿にした口調で遠宮はそう言い捨てる、そんな可愛《かわい》くない――ようで、非常に可愛い性格をしているのであった。

今日、彼が拗ねているのもいつもの『嫉妬』なのだが、今回ばかりは高円寺に分が悪すぎた。事件発生だと呼び出された高円寺に、ミトモがまさに『この状態』を狙ってわざわざ首筋にキスマークをつけたのである。

参ったな、と高円寺は珍しくシャツのボタンをきっちりと上までかけて紅《あか》い吸い痕《あと》を隠していたので、現場では誰にもそのキスマークを見られずに済んだ。

が、その日でき得るすべての捜査を終えたあと遠宮に誘われて彼の家を訪れ、互いに服を脱ぎ合ったときに、遠宮がついにそのキスマークを発見してしまったのだ。

首筋に残る紅い吸い痕に気づいた途端、遠宮は鬼の形相《ぎょうそう》になった。

「今まで一体どこにいたんだ」

詰問してくる彼に、高円寺は正直に「ミトモの店で飲んでいた」と答えたのだが、それがまた遠宮の嫉妬の焔《ほむら》に油を注いだようだった。

もとより嫉妬深い遠宮だが、中でもなぜかミトモのことは特別視しているようで、相手がミトモとなると彼の嫉妬は更に燃え盛るのである。しまった、と高円寺が思ったときには既に遠宮は全裸のまま彼に背を向け、宥《なだ》めてもすかしても口を利かなくなってしまったのだった。

「相手はミトモだぜ？　トシだっておめえより随分上だし、化粧取ったら別人ってくらい地味な顔してるんだしよう、おめえが妬《や》くような相手じゃねえって」

本人が聞いたら柳眉《りゅうび》を逆立てて怒りそうなことを言いながら、高円寺がまた遠宮の肩に手をかける。

「……中年で地味顔のオカマに、なんでおとなしくキスマークをつけさせるんだ」

今度は遠宮は高円寺の手を払い退けはしなかった、じろ、と肩越しに振り返り凶悪な顔で高円寺を睨みつけてはきたものの、話くらいは聞く気になってくれたらしい。

「だからふざけたんだってばよ」

本当はもう少し入り組んだ事情もあるのだが、それを説明しようものなら遠宮は更に手がつけられなくなるほど怒り出すに違いない。高円寺は心の中でミトモに手を合わせて詫びたあと、遠宮に媚《こ》びるようにこう言った。

「案外向こうも、おめえにヤキモチ妬いたんじゃねえの？」

『冗談じゃないわようっ』

頭の中のミトモが悲鳴を上げる。再び『すまねえ』と幻の彼に詫びた高円寺の前で遠宮はようやく身体を起こすと、真っ直ぐに彼を見上げてきた。

「……誰が妬くか」

「そ。妬く必要なんかねえんだって」

眉間《みけん》にくっきりと縦皺を刻み高円寺を睨みつけていた遠宮の視線が、顔から胸、そして下肢へと下りてくる。彼の視線を追っていた高円寺は、遠宮の目が己の勃《た》ちかけた雄へとたどり着くと、右手でそれを握って更に彼に示してみせた。

「夜は短ぇんだしよ、そろそろコッチで楽しまねえ？」

「下品な」

呆れた口調でそう言い捨て、ふいと遠宮は横を向いた。

「あんたの裸、目の前にしちゃ、そうそう上品にはしていられねえよ」

言った台詞《せりふ》は高円寺の率直な気持ちで、決して遠宮に阿《おもね》ろうとしたわけではないのだが、遠宮はそうは取らなかったようで、馬鹿にしたように鼻を鳴らし、ますますそっぽを向いてしまった。そんな彼の頬《ほお》に手をやり視線を己へと導きつつ、高円寺が唇を寄せてゆく。

「タロー、怒るなって」

「怒ってない」

ぼそ、と答えた唇を高円寺の唇が塞ぐ。そのまま高円寺は彼をベッドへと押し倒そうと体重をかけたのだったが、

「……っ」

いきなり遠宮が高円寺の首に縋《すが》りつき、全体重をかけて逆に彼をベッドへと押し倒してきた。

「な……っ？」

不意を突かれた高円寺がもんどり打ってベッドに倒れ込む。と、遠宮は素早く高円寺の腹に跨《また》がると、首筋に食らいついてきた。

「痛えっ」

高円寺が素で悲鳴を上げるほどの強さで遠宮が彼の首筋に歯を立てる。反射的に遠宮の身体を払い退けようとしてしまった高円寺だが、嚙《か》まれた場所がミトモのつけたキスマークの部分だと気づき、やれやれ、と心の中で溜め息をついた。そのまま腕を伸ばして遠宮の背を抱き寄せる。

「……」

遠宮は一瞬動きを止め、顔を上げてちらと高円寺を見下ろした。が、高円寺が口を開くより前に再び彼の首筋へと食らいつき、今度はきつく彼の肌を吸い上げ始めた。

「……くすぐってえ」

どうやらミトモ以上のキスマークをつけようとしているらしい。肌をきつく吸い上げながら

遠宮の唇が首筋から胸へと下りてくるのに、高円寺は我慢できずに笑い始めた。どうやら彼の性感帯は、下半身への局部集中型であるようだ。

それでも遠宮は唇での愛撫《あいぶ》をやめようとせず、これでもかというくらいに高円寺の厚い胸板に紅い吸い痕を残そうとする。気持ちはわからないではないが、互いにもっと気持ちのいいことをしようと高円寺は遠宮の背に回した手を胸へと滑らせ、既につん、と勃っていたそれを擦《こす》り上げた。

「……ぁっ……」

びく、と遠宮の背が震える。それでも高円寺の胸から顔を上げようとしない、遠宮の胸を弄《いじ》る高円寺の手の動きが速まってゆく。

「……やっ……んんっ……」

腹の上で、遠宮の身体が、高円寺の愛撫に耐えかねたように揺れ始める。汗の光る背中が捩《よじ》れる様は卑猥《ひわい》としかいいようがなく、堪《たま》らず高円寺は強引に彼の背を抱き寄せ、遠宮の身体を上へとずり上げた。

「……やっ……」

手を背から尻へと滑らせ、ほとんどついていないような尻の肉を摑んで後ろを広げると、ずぶ、と指を挿入する。じっとりと熱を持つそこを乱暴なくらいの強さでかき回す高円寺の腹の上で、遠宮の白い裸体は更に卑猥な蠢《うごめ》きを見せた。

「あぁっ……やっ……あっ……」

高円寺の胸にあった彼の顔は、今は高円寺の首筋で伏せられ、唇から漏れる声が高円寺の耳を直撃する。やかましいほどの高い声は高円寺をも酷く高め、二人の腹の間で擦《こす》れる彼の雄を更に怒張させてゆく。

「……あっ……あぁ……んっ……あっ……あっ……」

己の腹に高円寺の勃ちきった雄を感じたらしい。遠宮の手が高円寺の首から外れたかと思うと、身体を起こし、己の後ろを弄る彼の腕を、がし、と力強く摑んできた。

「……っ」

じっと自分を見下ろす、小さな顔――紅潮した頰。潤んだ黒い瞳。薄く開いた紅い唇――淫《いん》蕩《とう》でありつつも品を失わない、過ぎるくらいに整った遠宮の顔に、高円寺の目は釘づけになる。

「……挿《い》れるぞ……」

掠《かす》れた声が紅い唇から漏れる。

「おう」

高円寺が思わず生唾《なまつば》を飲み込んだ間に、遠宮は膝《ひざ》で体重を支えながら後ろを自身で広げ、高円寺の雄をそこへとあてがった。

「ん……っ……んんっ……」

眉間に皺を寄せた遠宮が、ゆっくりと高円寺の腹の上へと腰を下ろし始めた。ずぶずぶと面白いように高円寺の雄は、熱い遠宮の中へと呑み込まれてゆく。

「……っ」

低く声を漏らした高円寺を、満足そうに遠宮は見下ろし微笑《ほほえ》むと、その場で身体を上下し始めた。

「ん……っ……はぁっ……あっ……あっ……」

ゆっくりした動作が、あっという間に髪を振り乱す激しいものへと変わってゆく。自身のもっとも感じるポイントめがけて腰を動かす遠宮を高円寺が下から突き上げてやると、彼の動きはますます速く、激しいものへと変じていった。

「あっ……ああっ……あっ……はぁっ……あっ」

きらきらと光の雫《しずく》が遠宮の身体の周りで舞っている。

美しい――快楽に滾《たぎ》る脳がぼんやりした思考を高円寺に与えはしたが、遠宮の美貌を際立たせるその光が、飛び散る彼の汗だと気づく余裕が高円寺にはなかった。

「あっ……あんっ……あっあっあっ」

いよいよ絶頂が近いのか、遠宮の動きが更に速まる。了解とばかりに高円寺が、ぐい、と彼の奥底を抉《えぐ》るように突き上げてやったそのとき、

「あぁーっ……」

遠宮が絶叫というに相応《ふさわ》しい声を上げたと同時に、彼の雄の先端からは白濁した液が飛び散

り、高円寺の胸のあたりまで飛んできた。

「……くっ……」

射精を受けて激しく収縮する彼の後ろに刺激されて達した高円寺が、腹の上ではあはあと息を乱している遠宮の華奢《きゃしゃ》な背を抱き寄せようと腕を伸ばす。

「……おい……っ」

が、高円寺の手が腰にかかった瞬間、遠宮は彼の首へとしがみつくと、またしてもいきなり首筋に食らいついてきた。

「……しつけえな、おい……」

再びミトモがつけたキスマークに歯を立ててくる遠宮に、高円寺は呆れた声を上げながらも、汗に濡れる彼の背に腕を回し、逞《たくま》しい胸にぎゅっと抱き寄せたのだった。


「おはようございます……って、高円寺さん」

翌朝、新宿西署の刑事課で驚きに目を丸くした納《おさめ》に出迎えられた高円寺は、

「よお」

彼にしては珍しくバツが悪い顔をし、頭をかいてみせた。

「や、ヤバくないっすか？　その……」

熊のようないかついナリをしてはいるが、実は奥手の納が顔を赤らめ、高円寺の胸を指差してくる。

「いいってことよ」

納が驚くのも無理はない。がはは、と笑い飛ばした高円寺は、昨夜の行為の最中、これでもかというほどにつけられたキスマークを敢《あ》えて強調するように、シャツをはだけさせまくっているのである。

「知りませんよ。課長に見られたら何言われるか……」

「……まあな」

心配そうな顔で囁いてくる納を前に、高円寺は肩を竦《すく》めてみせた。

キスマークをつけたのがその『課長』なら、キスマークを周囲に見せびらかすよう強要したのも彼なのだと知れば、納はどんな顔をするだろう――きっと今以上に鳩《はと》が豆鉄砲を食らったような顔になるに違いないと想像し、高円寺は一人込み上げてくる笑いを嚙み殺す。

「それにしても高円寺さんの恋人は情熱的ですねえ」

「おう、その上嫉妬深くて大変よ」

がはは、と笑った彼の後ろから、

「高円寺さん！　遅刻じゃないですか」

厳しい『課長』の声が飛んできた。

「……昨夜は何かと忙しかったもんで」

「言い訳は結構。それより報告書はどうしました？」

厳しい口調で言及してくる『情熱的』でなおかつ『嫉妬深い』恋人が高円寺の胸を見て、満足そうに目だけで微笑んでみせる。

やけに嬉《うれ》しそうなその顔に、やれやれ、と高円寺は心の中で溜め息をつきながらも、周囲に悟られぬよう、ほら、とシャツの胸元を広げ、胸に散るキスマークを——彼がつけた『占有権』の証を、これでもかとばかりに見せつけてやったのだった。

淫らな躰に酔わされて
～コミックバージョン～
by 陸裕千景子
アレをやめてほしい
へっ?
アレっつうと…?
「女王」って呼び方だ
あ～～～
さっきの…
女王様はどの角度がお好きなんだ
ここか? んっ?
あっ
あっ
何だ本気で嫌だったのか?
何度もそう言ってる!

けど あんた 天の邪鬼 だからな〜
ぐっ…
俺にホレてる くせに 態度は反対 だったし
…あれは
特例だ
おっ
…へへっ
俺の事は「特別」って ワケか
いいねェ それ も一回言って…
断る
くだらない 事は 二度と 言わない
くだらなく なんかねぇよ！
…なァ
言ってくれよ

…何を言わせたいんだ
何を？
決まってるじゃねェか
このビッグマグナムでアンアン ヒーヒー言わせてくれる
ダーリンの存在は特別なの♥って言…
恋人にエロいセリフ言わせたいってのは裸エプロンに並ぶ男の夢なのによォ
うちのハニーは短気でいけねぇよ
ハー
…
ボロッ
あ〜〜〜
しかしどんだけなぐられたんだそのツラ
ガキにはそーゆーのわかんねぇんだよな
「タローちゃん」も苦労するなァ…
ポリ
神津さんも大変でしょ？
上条さん相手だと
で、もう裸エプロンはやったんですか？
…

Bad communication

「あれ、タロー、どうした？」

ミトモの店で悪友たちと飲んで騒ぎ、少しばかり騒ぎすぎた結果——いつものごとく上条《かみじょう》と二人して、店の備品が欠損するほどのどつき合いをしてしまったのだ——追い出されるようにして店を出た高円寺《こうえんじ》はタクシーで自宅を目指したのだが、アパートの前で車を降りた途端目に飛び込んできた見覚えがありすぎるほどにある男の姿に驚き、急いで駆け寄っていった。

「飲んでいたのか」

むっとしたような口調でそう言い、きつい眼差しを向けてきたのは、高円寺の上司にして今や彼の恋人でもある、新宿西署《しんじゅくにししょ》の刑事課長、遠宮《とおみや》だった。

「ああ、上条や中津《なかつ》とよ。お前も誘おうとしたんだが……」

と、ここで高円寺が言い淀《よど》んだのは、昨夜二人の間で繰り広げられた、痴話喧嘩《ちわげんか》——というにはいささかバイオレンスな諍《いさか》いを思い出したからだった。

『女王って呼び方をやめてほしい』

行為のあと遠宮に改めてそんな指摘を受け、高円寺は初めて彼がその呼び名を厭《いと》うていたことに気づいた。

思うことがあるのなら、はっきり言葉に出してほしい、というやりとりから、『それなら何を言ってほしいんだ』と遠宮が高円寺に尋ね、高円寺が日頃の願望を——。

『このビッグマグナムでアンアンヒーヒー言わせてくれる、ダーリンの存在は特別なの』

という言葉を言ってほしいと口にした瞬間、遠宮の手が出た。

手が出た、などという表現では追いつかないほど、高円寺はズタボロにされたのだが、なぜそんな目に遭ったのか、実は高円寺自身、そのときにはまるでわかっていなかった。

さっきまで一緒に飲んでいた中津に『お前はデリカシーがなさすぎる』のだと指摘され、なるほど、とようやく納得し、昨夜散々暴力を振るった挙げ句に怒って帰ってしまった遠宮の心中を察することができたのだった。

実は高円寺はその飲み会に遠宮を誘うつもりでいた。が、昨夜の諍いから一夜明けた今日も、署内で顔を合わせても遠宮がつんとした態度をとり続けていたため、まるで取り付く島がなく誘えなかったのだったが、それを本人に言うほど高円寺も無神経ではない。

「……もう、怒ってないのかよ?」

言葉を選び問いかけた彼に、遠宮は相変わらず不機嫌な顔で、

「別に」

と答える。

「あれ、もしかして今夜、来るって連絡くれたのか?」

遠宮が約束もなく、高円寺宅を訪れることは今までなかったため、もしや携帯に留守電でも入れていたのかと、問いかけながら携帯を取り出した高円寺の前で、遠宮が「いや」とそっぽを向いた。

「ええと？」

ならなぜ来た、と再び携帯をポケットにしまいながら高円寺は問いかけかけたのだが、すんでのところで思いとどまった。聞こうものなら遠宮のことだ、

『来るなというのか』

とまたも膨《ふく》れるに違いないと気づいたからだ。

「家に入らないのか」

言いよどみ立ち尽くす高円寺に向かい、遠宮がぼそりと呟《つぶや》く。

「勿論《もちろん》入るぜ。ほら」

早く入れろということだろうと高円寺は気づき、笑顔になると遠宮の背を促《うなが》しアパートへと向かおうとした。

「…………」

遠宮は、じろりと高円寺を睨《にら》んだものの、何も言わずにおとなしく彼に従《したが》う。やれやれ、と扱い辛い恋人に対し高円寺は内心肩を竦《すく》めつつアパートの鍵をあけたのだが、電気をつけた途端、いつもどおり遠宮が顔を顰《しか》めた。

「……汚い」

「……お前も毎回、飽きずに同じこと言うよな」

確かに高円寺の部屋は汚い。が、さすがに毎度毎度同じことを、しかも心底嫌そうな口調で

繰り返されるのには、自称海よりも広い心を持っている高円寺であっても、むっとはくる。それゆえ言い返した彼に向かい、遠宮は高円寺以上にむっとした顔のまま、

「毎回片付いていないのだから仕方がないだろう」

と言い捨て、先に靴を脱ぐとすたすたと室内へと上がり込んでいった。

「メシは？　食ったのか？」

普段も高円寺の怒りはそう持続しない。こと遠宮に関しては失礼な物言いは日常茶飯事であるので、すぐに怒りを忘れ、それどころかもしや空腹であるのでは、と彼を案じてみせた高円寺に、遠宮は答えもせずにずかずかと部屋の中央へと進み、万年床の上でようやく立ち止まった。

「タロー？」

振り返り、自分を睨みつけてきた遠宮に、一体何を怒っているのだと高円寺が問いかける。

「………」

名を呼ばれ遠宮はふっと視線を外すと、いきなりその場で上着を脱ぎ、続いてネクタイを外し始めた。

「おい？」

いきなりどうした、と高円寺が彼に駆け寄り、シャツのボタンを外そうとしていた遠宮の指を摑《つか》んだ。

「寝ないのか」

遠宮がその手を振り払い、尚も脱衣を続けようとする。

「寝たいのか？」

自身の問いかけを、じろ、と睨んだだけで流し、ボタンを外し続ける遠宮を前に、高円寺はやれやれ、とまたも溜め息をつくと遠宮が外していたボタンの次のボタンへと手をかけ、外してやった。

「…………」

遠宮はまた、じろ、と高円寺を睨んだが、何も言わず、そして彼の手を振り払うこともなく、自分の両腕をだらりと両脇へとおろしその場に立ち尽くす。脱がせ、といわんばかりのその態度に高円寺は、

「ほんと……」

女王だよな、と言いかけ、慌《あわ》てて言葉を飲み込んだ。昨日『女王』呼ばわりは好きじゃないと言われたばかりだったと思い出したためである。

「なんだ」

尖《とが》った声を出した遠宮を「なんでもねぇ」とかわし、シャツを脱がせたあとにはスラックスのベルトへと手をかける。ベルトを外し、スラックスを下着ごと脱がして全裸にしたあとも、遠宮はその場に仁王立ちになりじっと高円寺を見つめていた。

「…………」

やっぱり女王だ、と吹き出しそうになるのをぐっと堪え、高円寺は自分も手早く服を脱ぎきると、その様子を挑むような目で見つめて——というより睨んでいた遠宮へと向き直り、ゆっくりと彼を布団の上に押し倒していった。

「……シーツはいつかえた？」

「昨夜」

「嘘《うそ》をつけ」

このやりとりもいつものことで、高円寺としては『様式美』のようなものだと思っているのだが、遠宮はどうやら本気で嫌がっているらしく、露骨に不快な顔になり、くん、とにおいを嗅《か》ぐ。

「じゃあ一昨日」

「それも嘘だ」

「明日にゃかえるよ」

はいはい、と遠宮のクレームを流し、高円寺が彼の首筋へと顔を埋める。

「……っ……首筋は駄目だ……っ」

きつく吸い上げようとしたとき、遠宮がそう言い高円寺の胸を押し上げた。

「なんで？」

「痕《あと》が残る」

「よく言うぜ」

自分はこれでもかというほど、しかも見えるところに痕を残すのが好きなくせに、と無視してキスマークを残そうと遠宮の華奢《きゃしゃ》な首筋へとむしゃぶりつこうとした高円寺は、いきなり後ろ髪をぎゅっと摑まれ、

「いてて」

と顔を上げた。

「タロー、お前ね」

毛が抜けるじゃねえか、と口を尖らせた高円寺を遠宮が凶悪な目で睨み上げる。

「首筋はやめろと言ったじゃないか」

「本気で嫌がってるとは思わなかったんだよ」

言い返してから高円寺は、自分たちが昨夜と同じ会話をしていると気づいた。

「………」

遠宮もまた気づいたらしく、ややバツの悪そうな顔になり、じっと高円寺を見返す。

「……ようは俺たちは、コミュニケーション不足ってことだよな」

うん、と高円寺が頷き、身体を起こして布団の上に胡座《あぐら》をかいた。

「………」

遠宮もまた身体を起こすと、下肢を上掛けで覆《おお》い高円寺を見た。沈黙の時間が暫《しば》し二人の間に流れる。

そもそも、遠宮は今夜この部屋を訪れた理由からして説明していない。何も言わずにいきなり上がり込んできて服を脱ぎ始めたその様子から、どうやら彼は昨夜の喧嘩——というよりは、一方的に暴力をふるったことを気にし、仲直りをするつもりで来たのだろうと高円寺は読んでいた。遠宮は自分のそんな気持ちを口にすることができず、それでいきなり服を脱ぎ始め、愛の営みへと持ち込もうとしたに違いない——という己の読みは、おそらく外していないという自信が、高円寺にはあった。

いつもは己の読みで満足して、それが当たっていたかどうかの確認は省略していたが、もしやこの『省略』が、コミュニケーション不足を呼んでいたのではないかと、ここにきて高円寺は反省し、今夜は敢《あ》えてその『確認』を試みようと口を開いた。

「あのよ、ちゃんと最初から話そうぜ。タロー、お前なんで今夜、約束もしないのに俺のところに来たんだ?」

「迷惑だったと言いたいのか」

遠宮が、高円寺の予想したような言葉を告《つ》げ俯《うつむ》いたのに、

「そうじゃなくてよ」

と高円寺は慌ててフォローに入りながら、己の考えを口にした。

「さっきも言ったろ？　俺らはコミュニケーション不足だって。俺はお前が今夜来た理由を、なんとなく推察はしたものの、それがあってるかどうかはわからねえ。だからきっちりタローの口から、お前の気持ちを聞いてみたいと思ってよ」

「……別に……理由などない」

ぼそり、と遠宮が呟き、高円寺から目を逸らしたまま逆に問いかけてくる。

「……お前はどう推察したんだ」

「俺か？　俺はタローが昨夜のことを謝りたくて来たんだと思ったんだが」

「………………」

本来の目的は、天《あま》の邪鬼《じゃく》としかいいようのない遠宮の口から彼の心情を直接語らせることであったが、それを待っていたのではいつまで経っても彼は口を開かないだろう。そう思ったが故に高円寺は敢えて問いに答えたのだが、その言葉を聞いた途端遠宮が、顔を顰《しか》めた。

「なんだよ」

違うと言いたいのか、と、問い返した高円寺に、

「違う」

と憮然とした顔のまま遠宮が言い捨てる。

「違う？」

「僕はお前が昨夜のことを反省しているんじゃないかと思ったから来たんだ」

なんで俺が、と問い返した途端高円寺は中津の『デリカシーがない』という言葉を思い出した。

「俺が？」

「昨夜デリカシーがなかったからか？」

「…………」

問いかけた高円寺に対し、遠宮が驚いたように目を見開く。

「なんだよ」

「……どうしてそれに気づいた？」

「へ？」

問われた意味がわからず顔を覗き込んだ高円寺に背を向け、吐き捨てるような口調で遠宮が喋《しゃべ》り出した。

「自分で気づいたとは思えない。お前は僕たち二人のやりとりを他人に説明しているのか？お前にはプライバシーという概念はないのか？」

「誰彼かまわず喋ってるわけじゃねえよ」

「やっぱり喋ってるんだな。信じられない。親しき仲にも礼儀ありという概念がお前にはないのか」

「……あー、もう、面倒くせえなあ」

そっぽを向いたまま、悪態をつかれ続け、さすがの自称『海よりも広い心の持ち主』高円寺も堪忍袋の緒がブチ切れた。我ながら不機嫌な声を出し溜め息をついた途端、遠宮がはっとした様子で顔を上げ、探るような眼差しを向けてくる。

「なんだよ」

「……面倒くさいか」

相変わらず遠宮の声は尖っていたし、口調は吐き捨てるようではあったが、高円寺はその声《こわ》音《ね》に遠宮の抑えきれない動揺を見抜いた。

「……まったく……」

互いに思っていることを口に出し合い、コミュニケーションを円滑にしようと、行為を中断し膝《ひざ》をつき合わせたばかりであるのに、またも自分は言葉足らずの恋人の心情を声音から図ってしまっている。

こうして甘やかすから、いつまでも言葉でのコミュニケーションが滞《とどこお》るのだ。ここは敢えて突き放して、遠宮が自分の心情を言葉にするのを待つべきである——と、高円寺も頭ではわかっているのだが、ちらと自分を見上げた遠宮の目の中に不安の影を見た途端、彼の心情は、そうも苦手であるのなら、今敢えてそれができるように押しきるべきではないんじゃないか、という、至って穏便なものへと変じていった。

「ああ、面倒くせえ。俺はもともと単細胞だからよ。面倒は苦手だ。だが……」

わざとらしいくらいの大声でそこまで言うと高円寺は、唇を噛み俯いた遠宮へと腕を伸ばして、ぎゅっと上掛けを握っていた彼の手を握りしめ、ニッと笑ってこう告げた。

「だがお前《めえ》だけは特別だ」

「…………」

高円寺を見返す遠宮の瞳《ひとみ》がみるみるうちに潤《うる》み、頬《ほお》が紅潮してくる。

可愛《かわい》い――感激をつぶさに伝えてくるその表情の変化に、高円寺の胸の中には遠宮に対する愛《いと》しさが溢《あふ》れてくる。その愛しさが高円寺の身体を動かし、彼は握っていた遠宮の手をぐっと引くと、華奢な身体を己の胸へと抱き寄せた。

「……タロー……」

さらりとした髪をかき混ぜながら、耳元で名を囁く。すっぽりと高円寺の胸に納まった遠宮は、その両腕を逞《たくま》しい高円寺の背中に回すと、ぎゅっと抱き締め胸に顔を埋めた。

「……タロー」

離すまいとでもするかのような力強い抱擁《ほうよう》に、高円寺の胸にはますますこの九歳も年下の恋人を可愛いと思う気持ちが募ってくる。

その思いのままに高円寺もまたますます強い力で遠宮の身体を抱き締め、くちづけをするため彼の頬へと手をやろうとしたのだが、そのとき胸の辺りから、いつものごときぶすりとした遠宮の声が響いてきた。

「……面倒で悪かったな」

「…………」

あくまでも悪態を忘れない遠宮の態度に、高円寺は思わず噴き出しそうになったが、ここで笑っては不興を買うことがわかっていたためぐっと堪《こら》え、遠宮の身体をゆっくりと布団の上へと押し倒していった。

「……好きだぜ、タロー」

背中にしがみつく遠宮の手を外させ、改めて覆い被さっていきながら、高円寺は胸に溢れる想いを口にし、唇を寄せていく。

「…………」

遠宮もまた口を微かに開き何かを告げたが、殆《ほとん》ど聞こえないその声はしっかりと高円寺の耳に届いていた。

『僕もだ』——確かにそう言った、と高円寺が遠宮を見下ろす。と、遠宮は再び両手を伸ばし高円寺の首を抱き寄せ、貪《むさぼ》るような勢いで唇を塞ぎ始めた。

「ん……っ……んん……っ」

痛いほどに舌を絡めると同時に、大きく開いた両脚で高円寺の腰を抱き寄せようとする。遠宮にとっては言葉でのコミュニケーションよりも、身体でのそれのほうが容易《たやす》いのだろうと高円寺は心の中で苦笑すると、それならそれに応えるまでだ、と激しく己を求めてくる遠宮とのキスを中断し、唇をそのまま彼の首筋から胸へと下ろしていった。

「あ……っ……やっ……」

つん、と勃ち上がった乳首を口に含み、強く吸い上げたあとに軽く歯を立ててやる。全身が性感帯なのではというほど、感じやすい遠宮ではあったが、胸への刺激にはことに弱く、両方の乳首を口で、手で愛撫し始めると、早くも彼の息は上がり、白磁のごとき肌にはうっすらと汗が滲《にじ》み始めた。

「やっ……あっ……あぁっ……」

普段の遠宮の言動はまさに『女王』とも言うべきものなのだが、行為では彼は痛いほどの刺激を好む。被虐《ひぎゃく》の気があるほどではないにせよ、特に胸は強く嚙んだりきゅうっと抓《つね》り上げたりするのが好きだと知っている高円寺は、遠宮の好みに応えようと、コリッと音がするほどに乳首を嚙み、もう片方を右手の人差し指と親指の爪を立ててきつく抓り上げた。

「あぁっ……やめ……っ……あっ……」

遠宮が高く声を上げ、いやいやをするように激しく首を横に振る。彼の雄は屹立《きつりつ》しており、胸だけでいってしまうのではないかというほど、昂《たか》まりきっていた。

試してみるか、という悪戯《いたずら》心が一瞬高円寺の中に芽生え、尚も両方の乳首を攻め立てようとしたのだが、遠宮が下肢を高円寺の腹へと擦り寄せてくる、無意識と思《おぼ》しきその動作の可愛らしさの前には、悪戯心はあっという間に遙《はる》か彼方へと飛んでいき、互いに求めていることを実《じっ》践《せん》しようと高円寺は遠宮の胸から顔を上げると、背中に腕を回してがっちりと己の腰を抱き寄せていた遠宮の両脚を解かせ、それを抱え上げて恥部を露《あら》わにした。

「……はやく……っ」

快楽の淵《ふち》を彷徨《さまよ》うあまり、既に意識も朦朧《もうろう》としているらしい遠宮が切羽《せっぱ》詰まった声を上げる。晒《さら》された彼の後孔は高円寺を求め、ひくひくと物欲しげに蠢いている。その様を見た時点で高円寺もまたまるで余裕を失ってしまった。

「いくぜ」

ごくり、と唾を飲み込んだあとに、勃ちきっていた雄をそこへとあてがい、ずぶ、と先端をめり込ませる。

「あぁっ……」

先が挿《はい》っただけなのに、遠宮のそこが一気にざわめき、高円寺の逞しい雄を更に奥へと誘う。そうなるともう、高円寺の理性などないも同然で、勢いをつけて遠宮の両脚を抱え直すと、一気に腰を進め彼の身体を貫いた。

「あーっ」

互いの下肢がぶつかり合うまで深いところを抉《えぐ》られた遠宮の背が仰《の》け反り、白い喉《のど》が露わになる。悲鳴のような高い声は彼の貪る快楽の大きさの証かと思うと、更に高い声を上げさせたくなり、高円寺はまたも遠宮の両脚を抱え直し、激しく彼を突き上げ始めた。

「あっ……あぁっ……あっあっあっ」

高円寺の律動に遠宮が、『シーツはいつ洗った』とクレームをつけた高円寺の布団の上で、これでもかというほどに身悶《みもだ》える。乱れ、くねる華奢な遠宮の裸体を目の当《ま》たりにし、高円寺の欲情はますます煽《あお》られ、突き上げの速度は速く、動きは激しくなっていった。

「あぁっ……もう……っ……もうっ……あーっ」

延々と続く突き上げについていかれなくなったのか、遠宮の眉間《みけん》に縦皺《たてじわ》が寄り、喘《あえ》ぐ声が苦しげになる。もとより加虐の趣味を持ち合わせていない高円寺であるので、苦しいのなら気の毒と、二人の腹の間に遠宮の脚を離した右手を差し入れ、爆発しそうになっていた彼の雄を握ると一気に扱き上げてやった。

「アァーッ」

一段と高い声を上げて遠宮が達し、白濁《はくだく》した液を高円寺の手の中に飛ばしてくる。

「……くっ……」

射精を受け、激しく収縮する遠宮の後ろに締め上げられ、高円寺もほぼ同時に達すると、はあはあと息を乱している遠宮に、行為のあとのキスをしようと覆い被さっていった。

「……久茂《ひさも》……」

未だ呼吸が整わずにいる遠宮が、掠れた声で高円寺の名を呼び、両手を伸ばしてその背を抱き寄せようとする。

「大丈夫か?」

大人しく背中をその両腕に預けながら高円寺は、辛くはないか、と遠宮に尋ねたのだが、そのとき遠宮の唇が微かに動き、ほとんど聞こえないような声が発せられた。

「……お前の存在は……特別……だ……」

「……タロー……」

まさにそれは高円寺が、昨夜彼に告げてほしいと言った言葉——の後半部分——だった。感極まったあまり、自然と高くなってしまった高円寺の声に、遠宮が途端にむっとした顔になり、ふい、とそっぽを向く。

だがそんな素振りをしていても、実は遠宮が耳まで赤くなっていることに気づいていた高円寺にとって、そんな態度は微笑《ほほえ》ましい以外の何ものでもなく、

「ナイスコミュニケーションだぜ」

と笑いながら呟くと、そっぽを向いたままの愛しい恋人の唇を塞ぐべく、羞恥《しゅうち》に赤らむその顔を覗き込んだのだった。

Bad communication
~コミックバージョン~
by 陸裕千景子
んっ…
ちゅっ…
…ふ…
くたっ…
はぁ……っ
やりすぎたか…
わりィ
タロー大丈夫か?
……い……
何?
やっぱり部屋が汚いのは我慢できない
またその話かよっ
しつけ～な!
事実だ
なぜ怒る
あのなぁ この際だから言っとくが 俺は あえて散らかしてあんだよっ
何だと!?
ごちゃ…

綺麗に片付いてりゃあ「誰にやってもらったんだ」だの
「そいつとはどんな関係だ」だのいらん焼きもち焼くんじゃねぇか
ガンッ
なっ
…誰がそんな事…
お前だお前
なんせミトモなんかとの仲まで勘繰るぐれぇだからな
……
まぁヤツのスッピンでも見せりゃあんな疑いも無くなるだろうが
ったく…
俺の上司は嫉妬深くて困りモンだな?
久茂
ん?

いつ見たんだ？
え？
彼の素顔なんていったいどんな状況で見たんだ？
……………え？
翌日
…今日はまた一段とスゴイっすね！
DVが…
うわぁ
ボロッ
がっはっは
まぁな!!
ホント愛情表現が激しくってよ

あとがき

はじめまして&こんにちは。愁堂れなです。このたびは淫らシリーズ第三弾、六冊目のB-PRINCE文庫となりました『淫らな躰に酔わされて』をお手に取ってくださり、本当にどうもありがとうございました。

第三弾は、ラテン系の陽気な刑事・高円寺と、彼の上司の『女王』遠宮、素直すぎるほど素直な部下と、決して素直になれないツンデレ上司のお話となりました。既にそれぞれに恋人を得た高円寺の親友、上条と中津、それに彼らのパートナーたちが絡んでくる本作が、皆様に少しでも気に入っていただけましたら、これほど嬉しいことはありません。

イラストは勿論、陸裕千景子先生です。本作でも本当に素晴らしいイラストをどうもありがとうございました。また、文庫化にあたり、今回もめちゃめちゃ楽しい描き下ろしの漫画を、本当にありがとうございます！　これからもどうぞよろしくお願い申し上げます。

また、今回も担当のN様には大変お世話になりました。色々とご迷惑をおかけし申し訳ありません。また来月もどうぞよろしくお願い申し上げます。

文庫化にあたり、私もショートを書き下ろさせていただきました。前の二冊同様、夢のコラボレーション（自分で言うなという感じですが・笑）！　ノベルズで陸裕先生が描いてくださったコミックバージョンの続きです。毎回、陸裕先生の漫画がめちゃめちゃ面白いので、するすると続きを思いつきます。今回も本当に楽しみながら書かせていただきました。皆様にも少しでも楽しんでいただけるといいなとお祈りしています。

またこの四月でＢ－ＰＲＩＮＣＥ文庫様が創刊一周年とのことで（おめでとうございます！）一周年フェアペーパーに淫らシリーズのショートを書き下ろさせていただきました。三バカトリオがわいわいとやっておりますので、よろしかったらどうぞお手に取ってみてくださいね。

Ｂ－ＰＲＩＮＣＥ文庫様からは来月も淫らシリーズ文庫化第四弾『恋は淫らにしどけなく』をご発行いただける予定です。次は中津と龍門のカップルのお話となっています。こちらもよろしかったらどうぞお手に取ってみてくださいませ。

また、この『淫らな躰に酔わされて』も、ムービック様よりドラマＣＤをリリースいただいています。とても素敵＆かっこいいＣＤですので、是非お聴きになってみてくださいね。

このあとに恒例となりました？　ノベルズ版ショートを転載させていただきます。裏話も含めお楽しみいただけると嬉しいです。

また皆様にお目にかかれますことを、切にお祈りしています。

平成二十一年三月吉日

愁堂れな

（公式サイト「シャインズ」http://www.r-shuhdoh.com/）

【ゲンキノベルズ版「あとがき」】

はじめまして&こんにちは。愁堂れなです。この度は拙作『淫らな躰に酔わされて』をお手にとってくださり、本当にどうもありがとうございました。

『淫らシリーズ』（シリーズ名、これで決定でしょうか・笑）三作目は、陽気なラテン系刑事、高円寺と、年下の美貌のキャリア、女王受の遠宮の、恒例の？　二時間サスペンス調ラブストーリィです。前作の上条と中津、そして『あの人』も『あの人』も登場するこの本が、少しでも皆様に気に入っていただけたらこれほど嬉しいことはありません。

今回もまた、陸裕千景子先生のイラストに、嬉しさのあまり悶絶しっぱなしでした。この場をお借りいたしまして心より御礼申し上げます。本当に先生と組ませていただけて幸せです。かっこよさと美しさを兼ね備えた高円寺に、気高く綺麗、しかも可愛いタローちゃんにメロメロです。前作キャラも脇キャラも本当に魅力的に書いてくださるので、それぞれにいくつでもエピソードが思いつきます。いつもながら爆笑！　の巻末漫画も本当に嬉しかったです。どうもありがとうございました。次作でもどうぞ宜しくお願い申し上げます。

実はこのシリーズ、当初三冊で終了の予定だったのですが（それで今回オールスター？　を登場させたのですけれど）、皆様のリクエストのおかげで続けさせていただけることになりました。本当にどうもありがとうございます！　次は中津とりゅーもん編を考えています。皆様に少しでも楽しんでいただけるものが書けるよう、頑張りますね。
最後になりましたがこの本をお手に取ってくださいました皆様に、心より御礼申し上げます。本年は本当に怒濤のように過ぎていきました。来年も怒濤のように過ぎそうな気もするのですが、自分のペースを摑みつつ頑張って書いていきたいと思っていますので、不束者ではありますがどうぞよろしくお願い申し上げます。

愁堂れな

＊注　七行目『あの人』と『あの人』は、『関西弁の本庁の刑事』と『監察医の栖原』（当時HPに掲載していたシリーズに登場）のことでした。

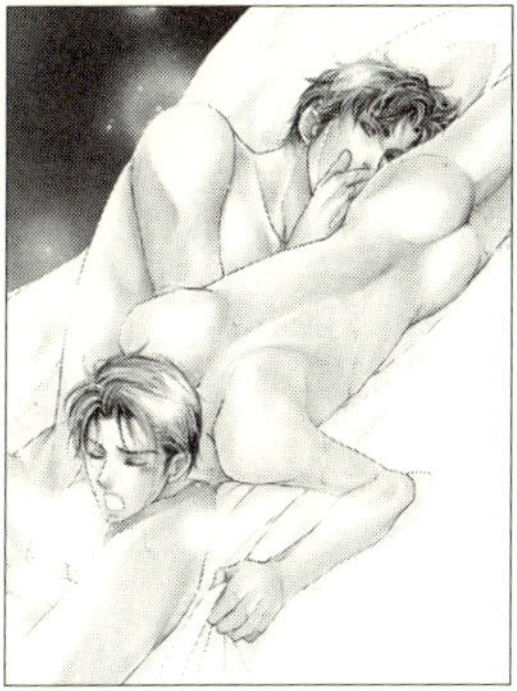

初出一覧

淫らな躰に酔わされて
オカマの純愛
『オカマの純愛』後日談
淫らな躰に酔わされて～コミックバージョン～
※上記の作品は「淫らな躰に酔わされて」('04年10月ムービック刊)として刊行されました。
Bad communication /書き下ろし
Bad communication ～コミックバージョン～ /描き下ろし

B-PRINCE文庫をお買い上げいただきありがとうございます。
先生へのファンレターはこちらにお送りください。
〒162-0825　東京都新宿区神楽坂6-46　ローベル神楽坂ビル4階
リブレ出版(株)内　編集部

B♥PRINCE
http://b-prince.com

淫《みだ》らな躰《からだ》に酔《よ》わされて

発行　2009年4月7日　初版発行

著者　愁堂れな
©2009 Rena Shuhdoh

発行者　髙野 潔
出版企画・編集　リブレ出版株式会社
発行所　株式会社アスキー・メディアワークス
〒160-8326　東京都新宿区西新宿4-34-7
☎03-6866-7323（編集）
発売元　株式会社角川グループパブリッシング
〒102-8177　東京都千代田区富士見2-13-3
☎03-3238-8605（営業）
印刷・製本　旭印刷株式会社

Printed in Japan
ISBN978-4-04-867752-3 C0193